요리사와 일주일을

A Week with a Chef in New York

요리사와 일주일을
A Week with a Chef in New York

초판 1쇄 2016년 10월 21일

글 | 사진 김희전

펴낸곳 도서출판 가쎄
등록번호 제 302-2005-00062호

주소 서울 용산구 이촌로319 31-1105
전화 070. 7553. 1783
팩스 02. 749. 6911
인쇄 정민문화사

홈페이지 www.gasse.co.kr
전자우편 berlin@gasse.co.kr

ISBN 978-89-93489-60-6

값 12,800원

요리사와 일주일을

A Week with a Chef in New York

gasse•가쎄

요리사와 일주일을 **차례**

프롤로그	먹고 사는 문제와 사랑하는 문제	11
월요일 **첼시마켓**	요리사 & **요리사**	15
화요일 **브로드웨이**	요리사 & **뮤지컬 감독**	45
수요일 **소호**	요리사 & **금융인**	71
목요일 **브루클린 브리지**	요리사 & **포토그래퍼**	95
금요일 **어퍼 이스트 사이드**	요리사 & **아트디렉터**	123
토요일 **센트럴 파크**	요리사 & **배우**	153
일요일 **어퍼 웨스트 사이드**	요리사 & **인류학자**	175

프롤로그 - 먹고 사는 문제와 사랑하는 문제

가장 본능적이며 설레는 에너지, 바로 먹고 사는 문제와 사랑하는 문제이다. 나의 요리는 결코 스타 셰프들의 요리나 혹은 수많은 명장의 요리처럼 화려하지도 정갈하지도 완벽하지도 않다. 다만 나에게 있어 요리는 상대를 사랑하는 방법이고 표현의 방식이다.

나는 사랑하는 사람을 위해 요리한다. 이 단순한 사랑의 표현 방식은 상대에 대해 가장 빨리 파악할 수 있는 방법이기도 한데 나의 요리를 먹을 때 그들이 나타내는 표정만 봐도 어떤 성격인지, 그들이 삶에는 만족하며 살고 있는지, 또 나를 얼마나 사랑하고 있는지까지 알 수 있을 만큼 본능적이고 즉각적이기 때문이다.

나는 사랑하는 사람을 위해 요리하고 그들은 나의 소박한 밥상에 사랑의 증표를 남긴다.

그래서 먹고 사는 것과 사랑하는 것은 별반 다르지 않은 것 같다. 내 삶에 몇 번씩이고 반복되지만 매번 고민되고 한순간의 선택으로 인해 희비가 엇갈린다.

무엇보다도 두 가지 모두, 혼자보다는 둘이 함께하는 것이 더 좋다.

$12
WINE
NUTS, SAVORY SNACKS

월요일 첼시마켓 – 요리사 & 요리사

찌는 듯한 뉴욕의 7월, 뜨거운 태양은 이미 한껏 그을려서 벗겨지기 직전의 살갗을 더욱 메마르게 만든다. 신호등을 건너기 위해 기다리고 있는 우리의 콧잔등에는 송골송골 땀방울이 잔뜩 맺혀 흐르고 있고 원래 더위를 잘 타지 않는 그는 그 큰 손으로 이미 지쳐있는 나의 손을 꼭 잡고 있다.

일요일 오전 11시, 우리는 언제나 그렇듯 일주일에 단 하루뿐인 그의 휴일에 맞추어 마켓에서 장을 본 뒤, 점심을 든든히 챙겨 먹고 종일 뒹굴며 낮잠을 자기로 한다.

보통은 그의 집 앞에서 도보 3분 거리의 한인 마트에서 간단히 장을 보고는 하는데, 그가 오늘의 요리 재료는 작은 마트에서는 판매하지 않아서 며칠 전, 첼시 마켓 육류 코너에 있는 친구에게 미리 주문을 해두었다고 한다.

소호에서 제법 유명한 프렌치 레스토랑의 요리사인 그는 월요일부터 토요일까지 종일 요리를 해야 하는 직업을 가지고 있으면서도 주말이면 나와 함께 요리하는 것을 좋아한다.

평상시 그가 퇴근하는 시간인 밤 10시가 되면, 그는 힘겨운 저녁 타임을 끝내고 땀에 흠뻑 젖어서 나의 집에 들러 저녁을 먹고 가거나 그의 집에 함께 가서 중국 음식을 시켜먹는다.

덕분에 나는 월요일부터 토요일까지 거의 매일 요리사에게 저녁을 차려주고 있다.

그는 한인 마트에서 파는 무파마 라면을 좋아하는데 평소 라면을 거의 먹지 않는 나의 집에서 절대 떨어지지 않는 유일한 인스턴트식품이다.

신호등 불이 바뀌자마자 걸음이 빠른 우리는 뛰다시피 마켓으로 돌진해서 육류 코너로 간다.

그는 친구인 미국인 정육사에게 고기 커팅의 두께와 개별 포장 방식을 다시 한 번 자세하게 설명한다. 분명히 돼지고기라고 했는데 이건 내가 아무리 봐도 돼지고기의 모양새가 아니었다.

"근데 이거 양갈비 같이 생겼어. 돼지고기 맞아?"

그가 특유의 해맑은 미소를 머금고 나 외에는 아무도 못들을 정도의 나지막한 목소리로 말한다. “나 요리사잖아. 기대해도 좋아. 정말 맛있게 구워줄게.”

모엣샹동 샴페인

지인의 소개로 그를 처음 만난 건 가만히 있어도 눈물이 날 만큼 매서운 추위를 자랑하는 뉴욕의 1월, 그의 창백한 모습이 생생하다. 분명 나보다 2살이 많다고 들었는데 고등학생처럼 보이는 앳된 하얀 얼굴에 선하디선하게 생긴 동그란 눈과 갈색 눈동자, 깡마른 몸에 더 말라 보이는 블랙 재킷을 입은 어딘가 아파 보이는 남성이 나를 기다리고 있었다.

그는 어색한 이 첫 만남에서 분위기를 이끌기 위해 무언가를 계속 말하려고 애썼다. 그런데 목소리가 너무 작아서 나는 아예 못 듣거나 계속해서 “뭐라고요?”를 반복했다. 내가 그렇게 물을 때마다 그는 얼굴이 빨개지며 최선을 다해 크게 말하곤 했지만 별반 차이는 없었다. 부끄러움을 많이 타는 그가 무안해 할까 봐 나는 밥은 먹는 둥 마는 둥 쉴 새 없이 내 얘기를 떠들어대고 그의 얘기를 이끌어내며 그렇게 그 자리의 분위기를 유도했다.

워낙 사람들과 이야기하기를 좋아하는 나의 성격상 소심한 상대의 대화를 이끌어내는 것은 그렇게 어려운 일은 아니었다.

MOËT
&
CHANDON

후에 사귀게 되고 안 사실인데 처음 만난 그날 만나자마자 그가 주문한 모엣샹동 샴페인 한 병은 그의 소심한 성격 때문에 취기를 빌어 그 자리를 버텨내기 위한 처방이었다고 한다. 그렇게 우리의 첫 만남에서 2시간 가까이 혼자 떠들어낸 후 한껏 지친 나는 집에 가기 위해 택시를 잡겠다고 했다. 그 추운 1월의 어느 늦은 일요일 밤에 우리는 도로에서 한참을 바들바들 떨며 택시를 잡기 위해 기다렸지만 빈 택시는 보이지 않았다. 추위를 극도로 싫어하는 내가 말했다.

"택시가 왜 이렇게 없죠? 일요일 밤이라서 그런가? 너무 추워서 못 참겠어요."

그때 그가 조심스럽게 말했다.

"저기, 괜찮으시면 한잔 더하실래요?"

우리는 추위가 매몰차게 얼굴을 파고들던 그 첫 만남에서 힘겹게, 2차를 할 수 있는 칵테일 바를 찾아 들어갔고 술을 한잔 더 마신 그는 어느새 방긋방긋 웃으며 제법 목소리도 커졌다. 이미 나보다 더 신나게 이야기하기 시작했다. 아마도 그가 나를 안 이후로 그날이 가장 많이 취했던 날이었을 것이다. 수줍은 그가 취기를 빌어 예쁘게도 웃으며 말한다.

"제가 원래 좀 성격이…… 그런데 저 대신 분위기 맞춰주시려고 일부러 말 시켜주고 노력해주셔서 감사해요. 제가 해야 되는 건데"

그는 2차의 칵테일 바에서 나의 첫인상에 대해 고백했는데, 처음

레스토랑으로 걸어 들어오는 나를 보자마자 나의 강한 인상에 실망했다고 했다.

그런데 계속 대화를 하다 보니 말도 잘 못하는 자기를 위해 노력하고 있는 모습이 배려심 있어 보여서 너무 고마웠다고 한다. 우리는 그날 이후로 서로에게 흠뻑 빠져들어 뜨거운 연애를 시작했다. 사랑에 빠진 여느 연인들처럼 하루도 떨어져 있고 싶지 않았고, 나는 6시 퇴근 후 그가 퇴근하고 돌아올 10시에 맞추어 그의 저녁 식사를 준비하는 것이 일과였다.

나는 그를 기다리는 시간이 좋았다. 그날부터 나는 그가 허락하는 한 매일같이 그를 계속 기다리기로 마음먹었다.

바지락 칼국수

그가 나에게 처음 해준 요리는 바지락 칼국수다.

사귄 지 일주일쯤 되었을 때였는데 그가 특유의 진지하고 수줍은 표정으로 말했다.

"목요일 저녁에 밥 먹자, 그날 일찍 끝날 것 같아. 밥 차려줄게."

그 주 목요일에는 손님 예약이 많이 없어서 주방 마감을 일찍 끝낼 거라고 했다. 일찍이라고 해봤자 10시에서 30분 당겨진 9시 30분이 가장 일찍 끝나는 시간임을 그날 알았다.

우리는 그의 레스토랑 앞에서 만나 그의 집으로 같이 가기로 했다. 잰걸음으로 레스토랑에서 나오는 그가 먼저 마켓에 가서 재료를 좀 사자고 했다. 그의 소심한 성격은 재료를 주문할 때도 마찬가지인데 가냘픈 외모와 모기 같은 목소리에 마켓 점원들은 마치 내가 그를 처음 만났을 때처럼 "뭐라고요? 다시 말씀해주시겠어요?" 라고 되묻는다.

나는 그가 요리하기 위해 식재료를 구입할 때마다 재료를 제대로 본 적이 없다. 장을 보는 그의 모습이 보기 좋았다. 그의 한마디도 놓치고 싶지 않았고 그 내성적인 성격에 내가 아닌 타인과 이야기하는 그의 모습도 신기하고, 그냥 그 사람의 존재 자체가 너무 행복해서 그와 함께 있는 나는 늘 미소 짓고 있었다.

그저 그가 무엇을 하건 나는 그를 바라보며 그가 하고 있는 일을 마칠 때까지 가만히 기다린다.

집에 도착한 그는 재빠르게 냄비에 물을 담아 불에 올리고는 커다란 냉장고의 냉동실에서 다시마와 멸치를 꺼내 냄비에 넣는다. 그 두껍고 큰 손으로 바지락을 소금에 박박 씻어 조리대 한편에 준비해두고 냉장실에서 칼국수 생면을 꺼낸다.

"모든 음식은 육수를 잘 만들어야 해."

그는 항상 묻지 않아도 마치 요리 프로그램의 선생님처럼 요리 과정을 설명하기를 좋아 한다.

5분 즈음 지났을까 냄비의 육수가 보글보글 끓자 다시마를 건져내고는 불을 끄고 멸치에서 육수를 더 우려낸다.

"다시마는 물이 끓자마자 꺼내야 육수가 떫어지지 않아. 멸치는 조금 더 국물을 내야 깊은 맛이 나오고. 다들 알지만 절묘한 타이밍에 따라서 맛이 달라진다고."

잠시 후 충분히 우려진 멸치를 건져내더니 씻어 둔 바지락을 넣고 팔팔 끓이다가 바지락이 모두 입을 열자 건져낸다. 칼국수 면과 애호박을 넣고 다시 팔팔 끓이다가 국수에 불을 끄기 직전에 건져 둔 바지락, 송송 썰어 둔 대파를 넣고는 마지막으로 소금으로 간을 맞추더니 찬장에서 예쁜 도자기 그릇 2개를 꺼낸다.

"이 백자 그릇은 50년도 더 된 거야. 정말 어렵게 구했는데 문양을 자세히 봐봐. 다 손으로 그려 넣은 거야. 네가 이 그릇에 먹자."

그날 먹은 칼국수의 맛은 잘 기억나지 않는다. 함께 곁들여 먹은 그의 외할머니표 신 김치의 맛은 생생히 기억나는데. 새로 만난 여자친구에게 해준 첫 요리에 연신 내 표정을 살피며 궁금해하던 그 역시 그날의 칼국수 맛을 제대로 기억하는지는 모르겠다.

지금 나는 육수 내기의 달인이다. 정확한 불 조절과 좋은 육수 재료 고르기, 적당한 타이밍을 기다려 재료를 넣고 빼야 하는 비법을 요리사 남자친구 덕에 제대로 배웠다. 그의 소박함과 간결함을 닮은 바지락 칼국수의 시원한 국물 맛과 시큼한 외할머니표 신 김치는 그때의 우리 관계처럼 모든 것이 적당했다. 넘치지도 모자라지도 않게.

러브레터

식사 후 우리의 단골 코스는 그의 거실에 깔린 바닥의 카펫에 앉아 아무런 음악 없이 창밖을 바라보며, 때로는 바람 소리를, 때로는 빗소리를, 때로는 그의 노랫소리를 들으며 마리아쥬 프레르의 마르코 폴로 홍차를 마시는 것이다. 바닐라 향이 홍차 본연의 떫은맛을 부드럽게 감싸고 어우러져 딱 우리 연애만큼이나 달달하다. 나는 차를 우리는 그의 손동작과 갈색 눈동자를 바라보며 차가 우려지는 그 시간을 가만히 기다린다.

그의 집 거실 창문 밖에는 조그만 정원이 있는데 20년은 족히 되었을 나무들이 자리를 잡고 있고, 어디선가 날아와 자리 잡은 이름 모를 꽃씨들이 싹을 틔웠다. 지난주에 우리는 조그만 그의 텃밭에 각종 씨앗을 더 심어놨다. 이제 막 1cm도 안 되는 잡초처럼 자라난 연두색 새싹에 기뻐하며 수다를 떤다.

“내년에는 저기서 블루베리도 따 먹고 토마토도 따 먹자.”

그렇게 그는 차를 마시다가 또 요리 이야기를 하다가 어느새 노래를 흥얼거리기도 한다. 나는 그가 하는 모든 말에 귀 기울이고 모든 행동을 놓치지 않으려 노력한다.

나를 물끄러미 바라보던 그는 내가 너무나 예쁘다고 했다.

“너처럼 예쁜 사람이 내 여자친구라니 말도 안 돼. 너처럼 화려한 애가 왜 나를 만나?"

그에겐 내 외모와 직업이 화려해 보였다고 했다. 그와 비슷한 큰 키에 하얀 얼굴, 마른 몸매, 오랜 직장 생활로 사회 친구들도 많고 대학 시절 모델 생활로 인해 연예인 친구들도 많아 그에게는 재미있을 이야깃거리가 많다.

18살 때 요리를 시작해서 19년째 주방에서만 일해 온 그에게 나는 너무나 화려한 사람으로 비칠 수밖에 없었다. 친구들이라도 만나고 오는 날이면 그는 내게 많은 질문은 하지 않았지만 내심 어디서 무엇을 하고 노는지 궁금해했다. 그런 그에게 화려한 내 모습이 혹시나 지나쳐 보일까 화장도 하지 않았고 액세서리도 하지 않았다. 문양이 들어있거나 화려한 색감의 옷은 입지 않았고 무채색의 간결한 옷만 입으며 더 이상 쇼핑도 하지 않았다. 그에게 화려하고 사치스러운 여자처럼 보일까 봐 나 자신을 전부 뜯어고쳐서라도 소박하고 간결한 그와 어울리는 여자가 되려고 했다.

우린 서로에게 자주 편지를 썼다. 매일 만나면서도 만난 지 10일, 2주, 한 달, 두 달, 모든 것에 의미를 붙여 편지를 쓰곤 했다.

서로에 대해 거의 모든 걸 지켜보며 알게 된다는 게

말처럼 그리 쉽지 않겠지

그렇지만 난 준비가 된 것 같아

너의 대답을 나 기다려도 되겠니
내게로 와 줘 내 생활 속으로
너와 같이 함께라면 모든 게 새로울 거야
매일 똑같은 일상이지만
너와 같이 함께라면 모든 게 새로울 거야
해가 저물면 둘이 나란히 지친 몸을 서로에 기대며
그날의 일과 주변 일들을 얘기하다
조용히 잠들고 싶어

그가 처음 준 이 러브레터의 내용처럼 우리는 정말 그랬다. 실제로 우리는 일상에서 매일 둘이 나란히 앉아 차를 마시며 이야기하다가 사랑을 속삭이다가 그렇게 잠이 들곤 했다. 그의 편지 속 내용이 신해철의 '일상으로의 초대' 노래 가사라는 것은 헤어지고서야 알았지만. 그의 존재는 나에게 삶의 이유였고 그의 러브레터는 내게 있어 주기적인 영양제였다. 그를 위해서라면 목숨이라도 내놓을 수 있을 것 같았다. 우린 그렇게 가슴 설레는 사랑을 매일 속삭였다.

요리사와의 사랑은 나에게 눈이 먼 사랑이 무엇인지, 나보다 남을 더 사랑하는 것이 어렵지 않음을, 너무도 빨리 삶을 변화시킬 수 있음을 알게 해주었다.

이베리코 등심 스테이크와 봉골레 파스타

첼시 마켓에서 돌아온 우리는 그의 작은 정원에 밥상을 차리기 시작했다. 그는 먼저 고기에 소금과 후추로 간을 한 뒤 올리브오일과 로즈마리 잎을 올려 재워 두고는 정원 구석에 있는 작은 화로에 불을 붙이기 시작했다. 숯불로 구워야 맛있다면서 한참을 어설픈 가정용 화로에 불을 붙이는 그에게 나는 차가운 화이트 와인을 한 잔 가져다주고는 정원 텃밭에 제법 키가 커진 오크 잎을 한줌 따서 깨끗이 씻는다. 그리고 뜨거운 해를 피해 나무 그늘에 테이블과 의자를 배치하고 와인과 커트러리를 세팅했다.

"얼마나 걸려? 나 배고파" 나는 그를 재촉하기 시작했다.

"금방 돼. 미디엄으로 구워 먹을 거야."

"돼지고기를 미디엄으로 먹겠다고?"

"사람들이 돼지고기를 덜 익혀 먹으면 죽는 줄 알고 기겁을 하는데 그렇지 않아. 아마 맛있어서 깜짝 놀랄걸?"

나긋나긋한 목소리로 설명해주는 그의 이야기에 귀 기울이며 나는 시원한 화이트 와인을 홀짝였다. 고기만 먹으려니 왠지 아쉬운 생각이 들어 냉장고를 뒤지다가 혹시 몰라 사온 모시조개 한 봉지를 꺼내 봉골레 파스타를 만들기로 했다. 모시조개 한 봉지와 그가 좋아하는 스페인산 올리브오일, 약간의 마늘과 소금, 후추가 재료의 전부다. 스파게티

면을 중불에서 삶기 시작하고 씻어낸 모시조개와 편 썬 마늘을 달군 프라이팬에 올리브오일과 함께 넣어 약한 불로 서서히 타지 않게 볶아 색을 냈다. 살짝 덜 익힌 스파게티 면을 프라이팬에 함께 넣고 면수를 한 국자 정도 넣어 다 같이 졸이면서 익히기 시작했다. 우리는 스파게티에 자작한 국물이 있는 것을 좋아하기 때문에 면수가 졸여지며 국물이 자작해지는 타이밍에 불을 끄고 통후추를 뿌려 그가 아끼는 도자기 그릇에 담아냈다. 별다른 재료가 없어도 풍미 좋은 스페인산 고급 올리브오일 맛 하나로 목 넘김이 쌉쌀하면서 기분이 좋아지는 훌륭한 파스타가 완성됐다.

어느덧 우리의 밥상이 완성되어간다. 습기 가득한 무더위 속에 시원하게 칠링 된 와인과 국물 자작한 봉골레 스파게티, 오크 잎을 담은 두 개의 접시가 고기를 기다리며 대기 중이다. 나는 이 더위에 빈속에 와인을 홀짝거렸더니 양 볼이 은근해지는 것이 기분이 한껏 좋아지고 있다. 고기가 익을수록 엄청난 연기가 바람에 날리더니 겉은 살짝 탄 듯하고 속은 아직 빨간 이베리코 스테이크가 밥상에 올라왔다. 사이좋게 당신이 하나 내가 하나씩 먹기로 한다. 제법 두툼한 고기에 그가 손으로 소금을 더 올려주며 역시 묻지 않은 요리 설명을 이어간다.

"원래 스테이크는 소스가 필요 없어. 잘 구워내는 기술이랑 적당한 양의 소금간이 가장 맛있는 스테이크를 만들거든."

우리는 그렇게 지난 일주일의 일상을 재잘거리며 일요일 오후를 마무리했다. 나는 홍차를 마시며 그의 어깨에 기대어 말했다.

"당신과 종일 붙어있던 일요일이 지나고 곧장 돌아오는 월요일이 너무나 싫어. 월요일이 없었으면 좋겠다."

미소를 머금은 그가 말한다.

"홍차 맛이 오늘따라 더 진하다. 아마도 오늘 밤엔 비가 올 것 같아."

그대 내 맘에 들어오면은

그와 내가 함께 식사를 준비할 때나 반주 삼아 약주를 한 잔씩 하고는 기분이 좋을 때마다 그는 항상 조덕배의 '그대 내 맘에 들어오면은' 이라는 노래를 틀었다. 우스꽝스러운 춤을 추며 내게 노래를 불러주었다. 세상에 내가 처음 봤던 그 사람이 맞나 싶을 정도로 개구쟁이 같은 어린아이가 나타난다. 내가 선곡한 노래, 그가 선곡한 노래는 그것이 아무리 오래된 전통가요건 우스꽝스러운 가사의 아이돌 가수의 노래이건 서로 평가하지 않는다. 그저 서로가 그 노래를 부르며 행복한 모습을 보는 것만으로도 우린 즐거웠다.

그대 내 맘에 들어오면은

아이처럼 뛰어가지 않아도

나비 따라 떠나가지 않아도

그렇게 오래오래
그대 곁에 남아서
강물처럼 그대 곁에 흐르리
뛰어갈 텐데 훨훨 날아갈 텐데
그대 내 맘에 들어오면은

오래오래 내 곁에 있겠다고 하고는 훨훨 날아가 버린 그의 노래가 들린다. 그의 춤이 보인다.

이별 part 1.

"너를 담기엔 내 그릇이 너무 작은 것 같아. 미안해 너한테 맞는 사람 만나."

우리가 연인들의 흔한 마찰로 인해 관계가 느슨해짐을 느낄 때 즈음 그의 난데없는 이별 통보에 갑자기 어지러워졌다. 너무 다른 환경에서 자라온 탓, 너무 상반되는 성격 탓이라고 해야 할까? 굳이 이유를 찾아내야 한다면 그뿐이었다. 그가 내 삶에 없어진다니 상상도 할 수 없다. 그의 그릇 따위는 애초부터 중요하지 않았다. 당신의 그릇이 당신이 매일 고객들에게 내는 음식 한 접시만 할지언정, 간장 종지만 할지언정, 처음부터 그런 것들은 나에게 모두 머금고 갈 수 있을 만큼 그의 존재 자체가 내 삶의 선물이었기 때문이다. 어느새 나도 모르게 나 자신보다 더 사랑을 쏟고 있는 당신이 갑자기 이별을 아니 '해방'을 바라는 간절한 눈빛을 전했다.

나에게 도망쳐서 해방되고 싶었던 그 답답함이 무엇이었을까?

특별한 이유 없이 연인과 헤어지는 경험을 해 본 사람은 알 것이다. 원래 없었던 일처럼 그냥 모른 척 해버리고 싶은 지난밤의 술주정처럼 매일 안 보면 큰일이라도 날 것처럼 철저히 사랑할 땐 언제고 헤어지자는 말 한마디에 바로 남이 되어 버리는 그 황당함과 허탈함을.

그를 설득하다가, 울다가, 결국 계속 같은 말을 반복하는 확고한 의지의 그에게 욕을 하고 화를 내며 우리는 헤어졌다. 변변한 이유도 없이 헤어지자니 가슴이 터질 것 같았다.

"가버려 다신 보지 말자."

우리의 연애는 그렇게 아무렇지 않게 하루아침에 없었던 일이 되어 버렸다.

이별은 세상에서 가장 친한 사람들을 하루아침에 모르는 사람들로 만들 수 있는 가장 쉬운 방법이라는 것을 그날 처음 알았다.

연인들

매일 밤, 잠을 잘 수가 없었다. 더 이상 밥을 해줄 사람도, 퇴근 후

일과를 재잘거리던 가장 친한 친구도 없어졌다. 주말이면 두 손 꼭 잡고 뒷산을 산책하던 연인도, 비 오는 날이면 어린 시절 엄마가 학교 앞에 우산을 들고 와 기다리고 있으면 나도 모르게 뛰어가 안기듯이 그의 회사 앞에서 우산을 들고 기다리던 나도 없었다. 그와 함께 걷던 그의 퇴근길이 그리웠다.

마침 비가 부슬부슬 내리기 시작했다. 그냥 길 건너에서 그의 얼굴만 보고 집으로 돌아오자고 혼자 다짐을 하며 우산을 들고 그의 회사 앞으로 가서 그가 나타나길 기다렸다. 그렇게 30분을 기다리니 그렇게 보고 싶던 그의 모습이 멀찌감치 보인다. 그가 가장 좋아하는 청바지와 티셔츠에 검정 재킷을 걸치고 잰걸음으로 14번가 지하철역으로 향한다. 나를 처음 만났던 날 입었던 재킷이다. 바보같이 나도 모르게 입가에 미소가 퍼진다.

'정말 보고 싶었어.'

길 건너에서 그를 바라보며 걷는다. 마치 함께 걷는 것처럼. 지하철역에 거의 다다랐을 때 이제 더 못 보는구나 아쉬워하는 찰나 역 입구에서 한 여자와 수줍게 인사하는 그를 보고는 심장이 덜컹거렸다. 순간 신호등 전봇대를 붙잡고 겨우 버티고 섰다. 심장이 튀어나올 것처럼 뛰고 가슴이 답답해진다.

'헤어진 지 2주도 안 됐는데 벌써 다른 여자를 만나? 내가 그 정도였던가?'

STARBUCKS COFFEE

둘은 누가 봐도 처음 만나는 남녀처럼 부끄럽고 수줍어 보였다. 마치 우리가 처음 만났던 날처럼 말이다. 떨리는 다리를 주체할 수 없어서 집에 돌아오는 길 골목 모퉁이에 주저앉았다.

이제 그는 내 사람이 아니구나. 나와 함께 나란히 앉아서 차를 마시고 사랑을 속삭이던 그의 집, 나와 함께 심은 나무를 내가 아닌 그녀와 함께 바라보겠지. 내가 아닌 그녀, 그다음에는 또 그녀가 아닌 다른 그녀들.

사랑한다고 물고 빨던 게 겨우 2주 전인데…….

연인, 참 우습고도 딱한 사이구나.

재회

나는 식욕이 사라지는 것은 물론이고 아무것도 할 수 없었다. 마치 살바도르 달리의 '기억의 고집' 작품 속 나뭇가지에 널린 축 처진 시계처럼 그렇게 일상 속에 널려있었다.

회사에 출근해서는 가만히 앉아서 해야 할 일을 겨우 마무리하고 터덜터덜 집으로 돌아와 침대에 기대앉아 펑펑 우는 것이 일과였다. 일주일을 그렇게 보내다가 결국 뼈만 앙상하게 남은 손가락으로 그에게 메시지를 보냈다.

그녀를 봤노라고, 뭐가 그리 급해서 벌써 다른 여자를 만나느냐고.

그에게서 바로 답장이 왔다. 여러 변명들을 둘러대며 계속 거짓말을 하는 그를 보니 마음이 너무 아팠다. 결국 그는 우리가 헤어졌던 사이에 다른 여자를 만났다고 고백했다. 하지만 우린 헤어진 사이였으니 잘못은 아니지 않느냐는 굳이 안 했으면 좋았을 말과 함께 말이다. 그가 항상 연약한 자신을 보호하기 위해 일부러 못된 말을 하는 습관을 가졌다는 것을 알기에 그 역시 미워할 수가 없었다.

지난 몇 주 동안 슬픔에 가득 차 늘어져 있었던 나에게는 더욱 큰 상실감과 상처가 생겼다. 최악의 상황에서 나는 침착하게 그에게 메시지를 보냈다.

"나는 당신이 결혼하고 싶어 하는 나이라는 것도 또한 남자이기 때문에 참지 못하는 욕구가 있다는 것도 다 이해해. 하지만 나는 우리의 관계가 이렇게 말도 안 되게 끝난다는 것을 이해할 수가 없어. 변명도 방황도 하지 말고 돌아와."

그는 메시지를 받고 한걸음에 나에게 달려왔다. 잠시지만 다른 곳에 눈을 돌린 것도 이해하고 받아주는 나에게 이제 아무런 걱정이나 의심 따위는 하지 않아도 될 것 같다고 했다. 나는 그렇게 그의 다른 연인을 지난밤 술주정으로 간주하고 모른 척하기로 했다.

인연은 부자연스러울지언정 억지로 만들어낼 수도 있는 것이다. 다만 부자연스러운 것들은 언젠가는 다시 원래의 자리로 돌아간다.

항상 그 언제의 때가 최대한 늦어지길 바랄 뿐이다.

대파를 썰 때 흘리는 눈물의 진실

비 내리는 토요일 오후 5시, 절친한 지인들과의 홈 파티가 있었다. 멤버는 작가, 영화감독, 배우, 모델, 개그맨이 모여 마치 카메라 한 대만 있으면 토크쇼 하나 분량이 나올 것만 같이 흥겹다. 사랑하는 지인들과 맛있는 음식과 와인, 샴페인을 마시며 오랜만에 흠뻑 취해 즐기다가 문득 그의 퇴근 시간이 가까워졌다는 것을 알았다. 예전 같으면 밤새 자리가 끝날 때까지 절대 자리를 뜨지 않을 나이지만, 이미 내 삶에서는 그의 퇴근 시간에 맞추어 그를 마중 나가는 것이 첫 번째로 중요했다.

서둘러 인사를 하고는 혼자 자리를 뜬 후 택시를 타고 부랴부랴 집으로 갔더니 그가 근처에서 기다리고 있다고 했다. 다른 날 같았으면 벌써 몇 시간 전부터 그의 저녁 식사를 준비했을 텐데 오늘은 아무것도 하지 못했다. 웬만해서는 친구들도 잘 만나지 않기 시작한 나에게 오랜만의 외출이기에 늦을 것을 예상한 그는 전혀 걱정하지 말라며 라면이나 하나 끓여달라고 한다. 미안한 마음에 술에 취한 상태에서 그가 좋아하는 라면을 끓이기 시작했다.

라면을 온전한 음식이라고 생각하지 않는 나는 무언가 허전한 마음에 냉장고에서 부재료를 뒤적거리다가 대파를 하나 찾아 넣기로 한다. 나는 정말 많이 취한 것 같다. 분명히 대파를 채 썰었는데 채 썬 대파

한마디가 1cm도 넘는다. 대충 썰어낸 대파를 라면에 넣어 한소끔 끓인 후 그릇에 담아 그에게 차려주었다. 젓가락을 든 그가 잠시 후 멈칫거리더니 적막을 깼다.

"나 대파 별로 안 좋아해."

아마도 그는 대파가 싫은 게 아니었던 것 같다. 수를 놓듯 요리하는 섬세한 프렌치 요리사의 눈에 술에 취해 성의 없이 만드는 나의 라면이 얼마나 싫었을까? 완벽주의자인 그의 주방에서는 상상도 못 할 일이겠지.

그날 빨개진 내 얼굴은 술에 취해서라기보다는 라면 하나도 제대로 못 끓여준 내가 창피해서였다. 나는 그날 이후로 술에 취한 상태로 요리하지 않는다. 그리고 대파를 채 썰 때마다 내가 할 수 있는 가장 얇고 예쁜 형태로 썰기 위해 노력하고 그때마다 그의 멈칫거림이 칼날에 스쳐 지나간다. 내가 좋아하는 거의 모든 요리에는 대파가 들어간다. 즉, 나는 요리할 때마다 그를 떠올리고 있다는 말이기도 하다. 그때 라면에 넣은 게 대파라서 얼마나 다행인지 모른다. 대파를 썰 때마다 나오는 눈물은 변명하지 않아도 되니까.

계란을 깰 때마다 울면 이상하잖아.

이별 part 2.

싱그럽게 맑은 5월의 어느 저녁, 나는 여느 때처럼 그를 위해 저녁상을 차린다. 국물을 좋아하는 그를 위해 뜨끈한 멸치육수로 잔치국수를 만들어주었다. 조용히 국수를 먹던 그의 분위기가 심상치 않더니 그릇을 밀어 두고 입술을 뗀다.

"나 프랑스에 가려고."

"응? 프랑스? 출장 가?"

"아니, 나 프랑스에서 유학했었잖아. 그때 일했던 레스토랑의 셰프였던 내 스승님에게 갑자기 연락이 왔어. 이제 나이가 많아 요리는 그만하고 쉬겠다고. 10년 전인 그때도 나이가 엄청 많았었거든. 지금은 완전히 노인이지."

그의 불필요한 긴 설명에 내 뒷목이 서늘해지고 얼굴이 점점 창백해짐을 느낀다.

"그래서 왜 연락 온 건데?"

"그분이 그 레스토랑에서 40년을 요리하셨는데 이제 요리는 그만하고 여행하면서 살고 싶다고 하면서 레스토랑을 나에게 맡아줄 수 있냐고 하더라. 나, 가고 싶어."

"언제 올 건데?"

잠시 뜸을 들이더니 그가 단호하게도 말했다.

"아마…… 안 올지도 몰라. 나에게 그곳은 고향 같은 곳이야. 그 레스토랑은 내가 정말 힘들게 고생하고 눈물 닦아가면서 요리를 배운 곳이거든. 지금의 나를 만들어준 곳이지. 나 다시 새로운 꿈에 도전하고

600

싶어."

"그럼 나는?"

"너한테 같이 가자고 요구하거나 조르지 않아. 네가 여태 커리어를 쌓아온 일도 터전이 한국이고 나도 가서 몇 년 동안은 집중해야 하니까……."

기가 차고 서운하다.

"뭐가 그렇게 쉬워? 당신은 하고 싶은 거 하러 떠나니까 나는 따라오든지 말든지 마음대로 해라야? 결혼하자는 말은 왜 못 해? 우리 사이는 대체 뭐야? 당신 진심이 대체 뭐야?"

그는 더 이상 아무 말도 하지 않았다. 나는 할 수 있는 한 최대한 못되게 말하려고 노력했다.

"당신은 사랑받을 줄 모르는 사람이야. 사랑을 받아본 적이 없어서 어떻게 받는지도 모르고 줄지도 몰라. 계속 그렇게 살아. 그렇게 당신이랑 똑같은 사람 만나서 상처받고 상처 주고 그렇게 살아 평생."

첫 번째 이별 때 봤던 그의 냉정하고 담담하던 모습을 두 번째로 다시 보던 순간, 충분히 이해되지 않는 이유의 두 번째 이별 통보에 나는 그렇게 매몰차게 저주 섞인 말을 쏟아냈다.

여기까지구나. 억지로 끌어온 우리 인연은.

내가 만들어 온 우리의 관계와 당신이 만들어 온 우리의 관계는 너무나 달랐던 거구나.

그가 나를 사랑한 것보다 내가 더 많이 그를 사랑했고, 그걸 알면서도 좋았던 건 나의 노력으로 인해 그가 나를 더욱 사랑하게 될 수도 있을 것이라는 믿음 때문이었다. 그리고 그 믿음을 바탕으로 그에게 자랑스러운 사람이 되고 싶어서 노력하는 내 모습이 스스로 보기 좋았을지도 모른다. 어쩌면 나의 욕심을 채우기 위한 과한 노력들이 그를 자꾸 도망치게 만들었을지도 모르는 일이고. 그 때문에 더 좋은 사람이 되고 싶어 하는 나에게, 어쩌면 좋은 사람이 아니었던 그의 양심의 가책 또는 그가 받아 본 적 없는 형태의 지나친 사랑에 대한 부담감, 아니면 아직도 다른 그녀와 이렇게 하루아침에 남이 되어 버릴 수 있는 관계를 만들고 또 끊어내는 것이 그에게는 더욱 편한 것인지도 모른다. 책임지지 않아도 되니까.

그렇게 그가 떠나고 6개월을 매일 밤마다 울었다. 미워서가 아니라 너무 그리워서.

우리가 헤어진 그날, 그가 나를 완전히 떠났다고 스스로 설득시키고 한참을 토닥이고 나서는 그를 위해 매일 준비했던 나의 요리 그릇을 모두 깨 버렸다. 그 그릇들은 원래 당신을 위한 것이니까……, 다른 그 어떠한 것도 담고 싶지 않았다.

약속한 당신만 그냥 가슴 깊숙한 곳에 묻어두고, 원래 없었던 일들처럼 모른 척을 해버리기로 다짐했는데…….

지금도 내 가슴이, 내 그릇이, 내 요리가 당신을 기억하고 기다린다.

나는 당신에게만은 늘 기다리는 여자이니까.

화요일 브로드웨이 – 요리사 & 뮤지컬 감독

브로드웨이 42번가 The Lyric Theatre, 그가 제작한 이번 시즌 브로드웨이 뮤지컬 공연의 첫날이다. 그는 언제나처럼 공연 오프닝을 앞두고 4일째 연락이 두절되었다가 어제 최종 리허설을 마치고서야 나에게 공연을 보러 오라는 전화를 했다.

"자기야, 내일 8시에 공연 보러 오면 돼. 초대권은 데스크에 맡겨둘 테니까 자기 이름으로 찾으면 되고, 혹시 누구랑 같이 오고 싶으면 초대권을 더 준비할게."

잠시의 통화였지만 이미 바늘같이 예민한 그의 상태를 목소리에서 느낄 수 있었다.

"그동안 공연 준비하느라 고생했어. 그런데 나도 요즘 프로젝트 때문에 바빠서 누구 초대할 정신은 없어. 내일 공연 끝나고 보자."

그는 공연을 준비할 때마다 극도의 예민함과 함께 극중의 스토리에 완전히 빠져든다. 그 예민함은 첫 공연이 시작되어야 겨우 사라진다. 비로소 첫 공연이 시작되어야만 우리는 잠시 잊고 있던 서로에게 연인이 있었음을 확인하게 되는 것이다.

공연 시작 직전, 관계자들이 무전기를 들고 무대를 최종 점검하고 있고 객석 뒤에서 그것을 지휘하고 있는 그의 모습이 보인다. 그와 여러 공연을 함께 준비해온 오랜 파트너들이 무대 컨트롤 박스에 그와 함께 앉아있다. 술만 들어가면 혼자 흥이 나서 밤새도록 마셔대는 기술감독과 비대한 몸집에 야외 공연이 잦은 무대감독은 얼굴이 그을려서 눈동자밖에 보이지 않을 정도다.

깡마르고 늘 비실거리는 조명감독은 우리 커플 앞에서 제법 귀여운 애교를 피워주기도 한다.

항상 술자리에서 만나 짓궂은 농이나 나누던 사람들이 오늘은 모두 표정이 사뭇 진지하다.

공연이 시작되고 뮤지컬 노트르담드파리 스토리의 해설자 역할을 하는 극중 인물 그랭구아르가 대표곡인 '대성당들의 시대'를 부르기 시작한다.

그렇게 2시간 30분 가까운 시간 동안 무사히 공연이 끝이 나고 이제야 마음이 편해졌을 그에게 전화를 한다.

"수고했어. 저녁 먹으러 가자. 뭐 먹고 싶어?"

천진난만한 대답이 들려온다.

"니가 만든 짜장면. 돼지고기 넣은 거"

환희

우리의 만남은 그가 라스베이거스의 유명한 서커스 쇼의 음향 감독으로 활동할 시기였다.

그는 이 화려한 공연이 갖는 엄청난 스케일과 섬세함과 예술성, 특별히 안전을 기해야 하는 특수성에 늘 예민할 수밖에 없었다.

쇼의 오프닝을 앞두고 공연장에서는 스태프와 배우들이 식사할 수 있도록 케이터링이 준비되는데 파티플래너인 내가 케이터링 운영 기획에 참여하게 되었고 그와 나는 그렇게 처음으로 케이터링 담당 파티플래너와 공연 관계자로 인사하게 되었다.

담배를 물고 음향 기물과 스피커 등 장비들이 가득 담긴 트럭에 걸터앉아서 껄렁껄렁 인사하는 그 모습이 처음부터 마음에 들지 않았다.

"케이터링 담당자시라고요? 전 이 공연 음향 감독을 담당하고 있어요. 리허설 좀 보셨어요?"

툭툭 던지는 성의 없는 질문에 기분이 나빴다.

'뭐 이런 예의 없는 사람이 다 있어.'

"아니요. 리허설 볼 시간은 없어요. 저는 케이터링 지원 차 나왔는데 다음 스케줄이 있어서 바로 가봐야 해서요. 다음에 또 뵙겠습니다."

"저기 잠시만요, 이거 제 명함인데 공연 보시고 싶을 때 언제든지 연락 주세요. 저도 명함 주시고요."

"네. 그럼 이만."

나는 명함을 던지듯 건네고는 불편한 시선을 뒤로한 채 최선을 다해 빠른 걸음으로 그곳을 벗어났다.

'어디서 작업이야. 아무튼 이쪽 업계 사람들은…….'

그렇게 까맣게 잊고 있던 일주일 후에 그에게 메시지가 왔다.

'공연 보러 안 오실 거예요? 공연장에도 안 오시고.'

마치 나를 기다리고 있다는 듯한 그의 메시지를 받자 더욱 부담스러워진 나는 그에게 아무런 대답도 하지 않았다. 그리고 1년 즈음 지났을까, 나는 미드타운에서 브랜드 론칭 파티 프로젝트를 진행하고 있었는데 발신인이 저장되어 있지 않은 메시지가 왔다.

'잘 지내세요? 지금 브로드웨이에서 레미제라블 공연하고 있는데 보러 오세요.'

발신인이 표시되지 않아도 그임을 한 번에 알 수 있었다.

'재미있는 사람이네. 1년이나 지났는데 마치 늘 만났던 사람처럼 메시지를 보내다니.'

그에게 메시지를 보냈다.

'이번 주 토요일 저녁 공연, 친구와 함께 보러 갈게요.'

그 주 토요일 브로드웨이 45번가의 Imperial Theatre에서 그를 만났다.

우리는 인터미션에 로비에서 만나기로 했는데 총감독인 그는 공연 중간에 헤드셋을 끼고 다급하게 계단과 복도를 뛰어다니며 나를 찾아 두리번거리고 있었다. 여전히 삭발한 머리에 선글라스를 얹고 분주하게 뛰어다니며 나를 찾는 그를 보고 왠지 웃음이 나왔다. 그가 나를 발견할 때까지 기다리다가 손을 흔들었다. 그가 헐떡거리며 달려왔다.

"로비는 로비인데 몇 층 로비인지 서로 말을 안 해서…… 계속 찾으러 다녔어요.

"하하. 오랜만이에요. 공연 준비하느라 바쁘실 텐데 신경 써 주셔서 감사해요."

그는 여전히 헐떡거리며 기쁨에 찬 표정으로 나를 바라보며 말했다.

"똑같네요. 예뻐요. 제가 오늘 공연 보여드렸으니까 저한테 밥 사세요."

"네? 하하, 뭐 그러죠. 다음에."

"꼭이에요. 약속했어요. 사줄 때까지 연락할 겁니다. 그럼 저 가 볼게요."

'역시 뻔한 수법이야, 그럼 그렇지.'

마른 체격, 지나치게 커다란 키, 삭발한 머리에 일본계 한국인인 그는 일본 스트리트 패션인지 뭔지 모를 나로서는 이해할 수 없는 패션 감각을 지니고 있었다. 군화만큼 묵직한 워커에 현장에서 오랫동안 혹사당했음을 알 수 있는 낡은 청바지, 마치 '집에는 며칠쯤 못 들어갈 수도 있지' 라고 말하는 듯이 겹겹이 껴입은 셔츠에 커다란 백 팩을 메고 레이벤의 검은색 보잉 선글라스를 끼고 다니는 그는 슈트 입은 남자를 좋아하는 나의 취향과는 너무나 대조적이다.

'정말, 단 한 구석도 내 스타일이 아니야. 아니 정말 내가 제일 싫어하는 스타일이야.'

우리의 1년에 걸친 첫 만남은 그렇게 나를 만나 기쁨에 찬 그의 환희와 나의 실망으로 시작되었다. 외모부터 성격, 말투 어느 하나 내 취향과 거리가 먼 그에게 나는 반복된 거절을 했음에도 불구하고 끈질긴 그의 구애에 항복하면서 만난 지 3개월 만에 정식으로 우리는 연애를 시작했다.

그의 아파트에 처음 놀러 갔을 때, 나는 그의 냉장고를 보고 그의 생활과 식성을 한눈에 파악할 수 있었다. 밖에서 사 먹는 음식 외에는 집에서 오직 라면만 먹고 살았다는 그의 고백을 증명하듯이 그의 아파트 냉장고에는 오직 독일 소시지밖에 없었다. 독일 소시지는 잠들기 전 매일 마시는 맥주의 안주이자 밤참이었다. 42살 노총각의 냉장고를 보고 나는 그에게 새로운 환희를 제공하기로 마음먹었다. 라면이 아닌 진짜 음식을 먹이겠노라고.

그에 대한 내 애정의 표현은 그렇게 그의 밥상 위에서 피어나기 시작했다.

모락모락 뜨끈뜨끈하게.

돼지고기 짜장면

그는 짜장면을 좋아한다.

정확히 말하면 짜장 라면.

삼남매 중 막내아들이라 어릴 때부터 어머니와 두 명의 누나가 하고 싶다는 것은 다 들어줬다는데 특히 라면과 짜파게티를 좋아하는 그가 떼를 쓸 때마다 못이기는 척 항상 라면을 끓여줬다고 했다.

그가 23살 때 처음 미국에 왔을 때도 음식을 해먹을 수도 없고 매끼니를 사 먹을 수도 없어서 라면을 달고 살았다고 하더니, 그 뒤로도 20년 가까이 먹어온 짜파게티를 하필 오늘 또 먹고 싶다고 한다.

“제대로 된 음식을 먹어야지, 라면만 먹으니 그렇게 마르지.”

“응, 또 먹고 싶어. 자기가 해주는 고기 넣은 짜파게티가 제일 맛있어.”

연애 초반에 라면이 먹고 싶다는 그를 위해 돼지고기를 잔뜩 넣은 짜파게티와 달걀과 콩나물이 듬뿍 들어간 라면을 끓여주었다. 그렇게라도 영양가 있는 무언가를 먹지 않으면 그가 말라서 죽을 것 같았기 때문이다.

카레용 돼지고기 안심이나 앞다릿살을 사서 후추로 밑간을 하고 식용유에 대파를 넣어 끓인 대파 기름을 만들어 준비한다. 팬에 대파 기름을 넣고 다진 마늘, 다진 양파와 밑간한 돼지고기를 함께 달달 볶다가 굴 소스 한 스푼으로 간을 한다. 그리고 면을 삶아 짜장 분말 소스를 함께 넣어 다 같이 버무리면 제법 인스턴트 같지 않은 나만의 짜파게티 블랙라벨이 완성된다. 라면은 입에도 대지 않던 나도 일요일 아침이면 이렇게 짜파게티 블랙라벨을 먹어야만 주말을 느낄 수 있을 정도로 우리는 주말마다 우리만의 특별식을 했다.

인스턴트 음식의 양이 적은 이유는 아마도 그만큼만 먹어도 더 먹고 싶지 않을 정도로 맛이 없기 때문인 것 같다. 우리의 특별식 맛의 비결은 둘이 먹다가 아쉽지도 남기지도 않을 3개의 적당량에 있다.

역시 음식은 모자라지 않아야 밥상머리에서 다툼이 없다.

완벽한 정성

그와 나는 종종 오전 11시에서 11시 30분 사이에 브로드웨이 41~42번가 사이 브라이언 파크(Briant Park)에서 만나 브런치를 먹곤 했다. 내가 좋아하는 연어 베이글 샌드위치와 그가 좋아하는 오믈렛이 단골 메뉴였는데 그는 항상 뜨거운 아메리카노를, 나는 라떼를 마시곤 한다.

우리는 공원의 많은 사람들을 구경하거나, 서로의 일에 대한 이야기를 나누는 것을 좋아했다. 그는 직업상 사람을 관찰하고 분석하는 것을 좋아해서 지나가는 사람의 외모, 헤어스타일, 표정 등으로 그들을 살핀 후 성격을 추리하고 마치 영화 속 주인공처럼 캐릭터를 잡기도 한다. 그러면 나는 한술 더 떠 그들의 걸음걸이, 패션스타일, 전화 통화하는 목소리 등을 유심히 듣고는 그들이 결혼을 했을지 싱글일지 직업이 무엇인지 등을 추리해서 함께 요상한 캐릭터를 만들어 내곤 한다. 노트르담드파리의 뉴욕 공연 준비가 한창이던 시기의 어느 오전, 그는 짜증이 가득 찬 목소리로 크게 한숨을 지으며 말했다.

"콰지모도의 목소리가 영 마음에 안 들어. 콰지모도는 목소리를 긁으면서 연기해야 하는데 지금 배우 목소리는 너무 부드러워. 무언가 어색해."

콰지모도는 극중 여주인공 에스메랄다를 사랑하는 흉한 몰골의 사내로 그녀를 향해 지고지순한 사랑을 부르짖는 인물이다. 배우 중 가장 강력한 임팩트가 있는 역할이기 때문에 감독의 입장에서는 콰지모도의 약한 목소리가 작품의 완성도를 떨어뜨린다고 생각했다.

"여배우는 어떻고, 그 아르헨티나 배우는 노래를 너무 못해서 어제도 리허설 중에 몇 번을 지적했는지…… 그 때문에 리허설이 엉망이 됐어. 화가 나서 참을 수가 없었어."

"진정해, 이제 얼마 안 남았어. 어차피 잘해낼 거잖아."

주거니 받거니 일에 대한 이야기를 나누다가 이번에는 내 일에 관해 이야기하기 시작했다.

"지금 하는 프로젝트는 이탈리아 커피 브랜드 론칭인데 뉴욕 첫 진출이라서 콘셉트 잡기가 쉽지가 않아. 정통성을 살리려니 지루해지고, 트렌디하게 가자니 브랜드 정체성이 흐려져. 무엇보다 오프닝 파티가 론칭의 꽃인데 워낙 짧은 시간 안에 모든 것을 보여줘야 하잖아. 신경 쓸 게 너무 많아."

그는 여느 때처럼 내가 이야기하는 중간에 단 한마디도 끼어들지 않는다. 그저 묵묵히 들은 다음에 자신만의 생각으로 정리해서 이야기한다.

"그러고 보니 우리는 하는 일이 비슷하네? 나는 날마다 한편의 공연을 실수 없이 완벽하게 끝내야 하는 일이고, 자기는 항상 단 한 번뿐인 브랜드 오프닝을 완벽하게 해내야 하고. 우린 둘 다 마음에 부담을 가지고 일할 수밖에 없나 봐. 재미있는 상황이야."

역시 프로듀서다운 통찰력이다.

"그러네. 그래서 우리가 그 한 번의 퍼포먼스에 성취감이 큰 거겠지? 뭐든 노력해야 해. 딱 정성을 들인 만큼만 결과가 돌아오니까."

우리의 일은 물론, 연애도, 요리도 딱 정성을 들인 만큼 결과물이 나온다. 나는 늘 예술에 에너지를 쏟느라 배고파하는 그를 위해 정성스레 밥상을 차려주고, 그는 나의 거침없는 성격을 참아주며 프리랜서

답게 들쑥날쑥 한 내 생활에 대해 터치하지 않는다.

그 사람이 잠수를 타는 이슈를 제외하고는 우리는 여느 커플들처럼 누구 하나 전화를 자주 하지 않는다고 징얼거리거나 왜 매일 나와 데이트하지 않느냐고 보채지도 않는다.

그래서 우리는 죽이 잘 맞는다. 간이 적당하다.

아티스트 vs 다중인격

제작하는 공연마다 극중에 몰입해서 본인의 감정이 함께 변하는 그의 성격 덕에 우리는 자주 싸우기도 했다. 한번은 이벤트성 행위 예술 공연의 총감독을 맡게 된 그가 열흘 가까이 연락이 두절된 채 나를 완전히 방치했을 때가 있었다.

'열흘은 좀 심하잖아.'

공연 전날에서야 연락이 왔고 연애 초반이라 이런 황당한 상황에 화가 잔뜩 나 있었지만 그의 변명을 듣기 위해 공연장으로 찾아갔다. 일회성 공연이라 그날이 처음이자 마지막 공연인 셈, 공연 시작 전 입장하기 위해 그에게 전화를 했고 그는 한껏 상한 얼굴로 나타났다. 공연장 입구에 나타난 그의 몰골은 정말 끔찍한 수준이었다. 덥수룩해진 그의 수염은 평상시 패션의 수준을 뛰어넘어 어느 부랑자의 모습과 다를 바 없었다. 매일 편의점에서 속옷과 양말을 사서 신었다고 하는 그의 말처럼 초췌하기 짝이 없었다. 모든 것을 포기한 사람처럼 몸을 겨우 이끌고 걸어 나오던 그가 나를 보자마자 담배를 물면서 깊은 한숨을 쉰다.

"엉망진창이야. 스탭이고 배우고 실수를 너무 많이 해. 연출하려는 목적이 다 묻혀버렸어. 정말 죽고 싶다."

그는 그 며칠 떨어져 있던 우리에 대한 이야기가 아니라 온통 공연에 대한 생각뿐이었다. 나는 마음 한편의 서운함에 아무 대답도 하지 않고 물었다.

"나 지금 공연장 들어가면 되는 건가?"

"아. 나랑 같이 들어가자. 좌석보다 스탠딩으로 보는 게 더 재미있을 거야. 행위 예술이라 공연장 전체가 무대거든. 특히 엔딩 부분에 스모그랑 무대가 움직이는 연출이 있으니까 맨 앞에서는 되도록 떨어져 있는 게 좋아."

여전히 그는 공연에 대한 설명에 열심이다. 곧 시작하는 공연을 위해 나를 무대 앞 스탠딩 석에 덩그러니 두고 곧 컨트롤 박스로 자리를 떠나버렸다. 공연을 보는 동안 수많은 생각이 스쳐 지나간다.

내가 지금 저 사람한테 어떤 존재인지 모르겠다. 저 사람은 너무 공연에 빠져 현실과 공연을 구분하지 못한다. 그럼에도 불구하고 꾹꾹 참으며 공연을 보러 온 나의 이해심이 과연 우리 사이에 옳은 행동인가? 저 사람의 내면에 대체 몇 가지의 캐릭터가 더 숨어있는 거지?

다중인격인가?

그의 말대로 공연은 어수선했다. 아마추어 배우들과 만든 공연이라 배우들은 자기감정에 취해 서로의 호흡이 맞지 않았으며 음향과 배우들의 춤은 따로 놀았다. 덕분에 분명 초기에 예술성을 가지고 의도했을 다소 선정성 있는 씬들은 유난히 조잡해 보이고 기획 의도가 무엇인지 파악이 안 될 지경이었다.

딱 지금의 당신과 나 사이 같다. 연애는 함께 하고 있는데 연애하는 방법도 너무 다를뿐더러 무엇보다 가끔 정신을 놓아버리는 당신 덕에 나는 당신을 잡으러 다녀야 하는 이상한 관계. 지금 당신이 정신 나간 배우들을 잡으러 다니는 그 감정처럼 나도 우리의 관계에 대해 당신만큼 화가 나 있다고 말하고 싶었다. 난잡한 공연을 보고 난 후 나는 더욱 기분이 상했다.

'이런 공연 만드느라고 나를 방치한 거야?'

그에게 전화가 온다. 공연이 끝나자 며칠간 유체이탈을 했던 나의 연인이 다시 돌아온 것이 분명하다. 다시 천진난만해진 그가 환하게 웃으며 말했다.

"뒤풀이 있는데 같이 갈 거지?"

웃는 얼굴에 침을 뱉을 수가 없다. 그는 늘 이렇게 우리 사이에 반칙을 한다.

연인 관계도

우린 술을 즐기는 커플이다. 그는 맥주를, 나는 와인을, 우리는 고량주를.

그래서 우리는 간혹 술이 마시고 싶을 때 한인타운의 중국음식점에 자주 간다. 우리의 단골집은 '상하이 몽' 이라는 중국집인데 특히 신선한 해물이 가득하고 국물이 너무 빨개서 보자마자 입에 침이 고이는 삼선 짬뽕이 너무 맛있었다. 우리는 늘 짬뽕 하나, 탕수육 하나에 군만두를 시켜서 연태고량주 500mL 한 병을 말끔히 해치운다. 술이 얼큰하게 취하면 우리는 한국의 가족 이야기, 친구 이야기, 일 이야기를 더욱 속 깊게 나누었다. 그는 특히 한국에서 혼자 사는 홀어머니에 대한 걱정이 늘 많았다. 공무원 출신인 그의 어머니는 두 명의 딸에게는 호락호락하지 않았지만 막내아들에게만은 늘 쓸개까지 빼준다는 말이 이해가 갈 정도로 그 어떤 것도 아끼지 않는다고 했다. 과묵한 말솜씨와는 다르게 가정적이고 따뜻한 남자일 수 있겠거니 안도할 수 있었던 것도, 한국에 갈 일이 있을 때마다 어머니를 위해 향수나 스카프를 꼭 사 들고 가는 그의 다정한 모습 때문이었다. 그러나 그는 오랜 해외생활로 그의 마음만큼 어머니를 챙길 수 있는 환경도 아니었고 항상 전화하는 사람은 어머니였다. 앞뒤가 안 맞는 그의 행동에 나는 그때마다 그에게 조심스럽게 말하곤 했다.

“맨날 걱정된다고 말만 하지 말고 뭐라도 해. 미국으로 모시고 오든가, 더 안락한 집을 구해 드리든지 액션을 취하라고.”

그러면 그는 “그래야 할 텐데.”라고 말할 뿐 다음날이면 또다시 자신의 공연 세계에 정신이 팔려 있었다.

한번은 그의 오랜 친구 이야기를 해주었는데 암에 걸렸던 친구가 4년의 투병 생활 끝에 암을 이겨내고 예쁜 딸과 와이프와 함께 살고 있는 모습이 너무 행복해 보인다며

“얼마나 힘들었을까? 4년이라니, 자신은 병상에 누운 채로 병간호에 늙어가는 와이프와 이제 막 학교에 들어가는 어린 딸을 보면서 얼마나 속이 끓고 화가 났을지 상상이 돼.”라고 말하며 그 순간 마치 세상 슬픔을 자신이 다 짊어진 듯이 슬퍼하며 큰 한숨을 지었다. 감정의 변화가 너무나 변화무쌍해서 이제 대화의 주제에 따라 어떻게 반응할지에 대해 어느 정도는 예측이 가능할 정도이다.

우리가 결혼에 대한 이야기를 한 것은 딱 한 번, 그가 이사를 해야 한다며 장난스럽게 말한 것이 전부였다.

“돈 많이 벌어서 큰집으로 가야 같이 살 텐데~.”

그다지 결혼에 대해 급하다고 생각하지도 않고 서로의 일이 자유롭고 만족스럽기 때문일까? 내가 친구나 지인들의 결혼식 소식을 전할 때면 그는 잘 다녀오라는 말 외에는 일체의 질문도 관심도 없었다.

‘본인 걱정이나 하지 맨날 남의 가정사에 본인 일처럼 과하게 걱정

하지를 않나 홀어머니 걱정은 끔찍이도 하면서 정작 항상 옆에 있는 내가 늙어가고 있다는 걱정은 없으셔.'

그를 바라보며 홀로 머리에 우리의 관계도와 미래를 그려본다.

Step 1.

이미 40년 넘게 혼자 살아온 그였기에 지금의 자유로운 삶에 익숙할 것이라고 그를 이해한다. 자유로운 영혼의 그와 내가 만약 부부라는 이름의 공식적인 관계가 되려면 우리의 관계는 지금보다 훨씬 더 깊어져야 한다. 우리 둘 다 서로를 자연스럽게 내 삶의 일부로 받아들이는 노력이 필요할 것이다. 과연 우리 둘 다 해낼 수 있을까? 생각할수록 먼 이야기이고 복잡하고 무서운 이야기이다. 그럼에도 불구하고 이것을 해냈을 경우…….

Step 2.

우리가 미치도록 사랑해서 떨어져서는 못 살 정도의 뜨거운 연애를 할 나이는 아니지만 적어도 노력을 통해 가정을 이룰 수는 있겠지. 그러나 이 자유로운 영혼의 아티스트가 과연 평생 가정에 마음을 두고 책임감을 가지고 살 수 있을 것인가. 벌써부터 무언가 굉장히 부정적인 느낌이다.

초인적인 힘으로 그가 잘 버텨내고 나 역시 잘 해내고 있을 경우…….

Step 3.

이 사람이 내 아이의 아버지라면,

'아이의 아빠는 매일 집에 없겠지.'

'공연 때마다 집에서 히스테리를 부리거나 한껏 우울해져서 나와 아이를 미치게 만들지도 몰라.'

'아이의 교육에 시간과 노력을 투자할 만큼 가정에 책임감이 강할까? 지금 그는 본인의 생활에 잠 잘 시간도 없어 허덕거리는데…….'

'안정적인 심리 상태로 아이에게 정서적 풍요로움을 심어줄 수 있을까? 저 다중인격은 지킬앤하이드에 출연해도 부족함이 없다.'

결론은…… 가정 테러가 따로 없다.

가정을 이루는 것과 가장이 되는 것, 부모가 되는 것, 함께 늙어간다는 것을 확정 짓는 일은 태어나서 성인으로서 할 수 있는 가장 큰 고민거리이고 혼자 결정할 수도 없는 일이다.

까다롭고 복잡하며 때로는 그 결정을 번복할 수도 있다.

그러나 결정을 번복하는 것에 대한 책임과 주홍글씨마저 남기는 이 호락호락하지 않은 일은 아름답게 포장되어 '결혼'이라고 불린다.

이별 이야기

일요일 밤 11시가 넘어간다. 연락이 두절된 지 이제 이틀째, 이 정도야 이제는 귀엽게 봐줄 만하다. 그에게 전화를 걸었다.

"어디야?"

그의 목소리가 왠지 불편해 보인다.

"차 안."

내 신경이 날카롭게 날이 선다.

"누구랑 같이 있어?"

"어."

"뭐야. 말을 똑바로 해. 누구랑 있는데 말도 제대로 못해?"

"배우들이랑 있어. 나중에 전화할게.'

웬만하면 그의 일에 방해가 될까 알겠다고 했을 나이지만 단순한 그가 속내를 숨기지 못한 덕에 나의 촉이 바짝 섰다.

"감독이 배우를 태우고 다닐 일이 뭐가 있어? 그리고 지금 왜 통화를 못하는데?"

갑자기 전화기 건너에 여자들의 웃음소리가 들려온다.

"아니야. 운전 중이니까 나중에 전화할게."

그렇게 전화를 끊어버리는 그의 행동에 용기까지 스며있다.

다음날까지 종일 우린 서로에게 아무 연락을 하지 않았다. 그리고 밤 10시 즈음에 그가 우리 집 앞으로 조용히 찾아왔다. 대체 어떤 구차한 변명거리와 뻔뻔한 이야기를 할지 마음속으로 준비하고 나갔다. 일단 그의 차에 탔다. 어제 그녀들이 탔던 그 차. 기분이 나쁘다. 그가 먼저 말을 꺼낸다.

"내가 전화를 좀 이상하게 받았지?"

"왜 그런 건데?"

"배우들이 차에 타고 있어서. 미안해."

"뭐가 미안해. 말 똑바로 해."

오늘은 정말 제대로 화를 내야지 단단히 마음을 먹고 나간 자리인데 벌써 내 목소리에 기운이 없다. 이미 듣지 않아도 될 것 같은 그의 이야기.

그가 참여하고 있는 이번 공연은 월드투어 중인 댄스 공연이다.

세계적으로 히트를 친 이 공연은 공연 중간에 수많은 러시아 무희들이 천장에 떠 있는 물 위에서 거의 나체 상태로 춤을 추는 것을 사람들이 아래에서 지켜볼 수 있는 공연이었는데, 나는 그 공연이 사실 너무 선정적이라는 생각이 들어 그에게 말한 적이 있다.

"저 배우들은 정상적인 멘탈을 가지고 살 수 있을까? 아니고서야 저렇게 과격하게 선정적일 수가 있어?"

"하하 배우니까."

공연이 끝나면 배우들은 숙소 근처의 술집이나 클럽으로 몰려나가 지친 외국생활을 위로한다고 했다. 밤을 새우는 건 일상이라며 그들의 젊음을 칭찬하던 그가 어제는 마침 그 무리에 합류되었던 것이다.

"이제 공연 막바지라서 함께 일하는 배우들과 친해져서 한잔 했을 뿐이야."

"그런데 전화는 왜 제대로 못 받냐니까?"

그는 대답이 없다. 단순하고 솔직한 그는 더 이상 변명하지 않았다. 아름다운 무희들과 공연을 함께 준비하며 공연 속의 그녀들과 그들만의 방식으로 수많은 교감을 나누었을 것을 나 역시 알고 있다. 더 이상 묻지 않는 내게 그는 솔직히 털어놨다.

배우 중 이제 갓 스무 살을 넘긴 무희가 있는데 어린 나이에 배우 생활을 하는 그녀의 고민을 가끔 들어주다가 마침 어제 술자리에서는 속 깊은 이야기를 나누었고, 그러다 보니 배우 이상의 이성적인 감정으로 깊은 교감을 했다는 것이다.

참으로 솔직하다. 불필요할 만큼 솔직해서 화를 낼 수도 없다.

작품에 대한 깊은 교감으로 사랑에 빠진 감독과 배우, 아티스트와 무희, 너무나 자연스러운 관계다. 그리고 그이기에 그 짧은 시간 동안 사랑에 빠지는 것 마저 가능한 일이라는 것까지 이해가 된다. 그는 솔직함이, 나는 이해심이 불필요하게 많구나.

그가 이번 공연에서 아름다운 무희와 사랑에 빠졌듯이 다음 공연에서는 또 다른 누군가와 교감할 수도 있다. 다만 그는 극 속의 주인공처럼 매번의 공연마다 본인의 정체성을 잃고 사랑에 빠지겠지.

평생 단 한 번도 결혼하지 않은 사람에게는 그럴만한 이유가 있다는 말을 나는 그와의 연애를 통해 알 수 있었다. 남녀 사이에 한때의 쾌락은 너무나 짜릿하지만 그것을 잃고 나면 또 다른 유혹과 즐거움을 찾아 떠돌아다녀야 한다.

그는 화려한 브로드웨이의 조명 속에 빛나다가 공연이 끝나고 나면 연기처럼 사라져버리는 그들의 짧은 유혹이 끝나갈 때 즈음, 또다시 어둠 속에서 외로움과 허탈함으로 인생의 쓴맛을 탓할 것이다.

그때마다 남은 사람은 무슨 죄가 있어서 이렇게 아파야 하는데…….

혼자보다 나은 둘

내 삶의 변화를 위해 새로움을 추구하는 것과 유혹의 즐거움을 추구하는 것은 주체가 다르다.

의지가 분명하면 방향이 확실하고, 의지가 불분명하면 정처 없이 떠도는 방랑자가 된다.

삶에서 흔들림 없이 스스로 바로 서야 상대도 쓰러지지 않게 붙잡아줄 수 있다. 나보다 상대를 더 사랑하는 마음이 클 때 그 힘이 성장해서 혼자 지탱하던 힘이 어느새 둘을 지탱하고 또 셋을 지켜낸다. 사랑이라는 관계는 노력과 진심을 쏟아야 서로 간에 사랑할 의무와 사랑받을 권리를 부여받게 된다.

'서로', '둘이', '함께', '우리'는 항상 '혼자'보다 큰 힘을 갖는다.

Fifth Ave
West 37th St
ABSOLUTE
ABSOLUTE

수요일 소호 – 요리사 & 금융인

홍콩 출장에서 돌아온 그와 오랜만에 디너 데이트가 있는 날이다. 그와의 데이트를 준비하기 위해서 아침부터 바쁘게 뉴욕 시내를 활보한다. 미드타운의 단골 네일샵에 가서 손톱을 단장하고, 메이시스 백화점에 가서 예쁜 립스틱을 하나 샀다.

저녁에 입을 새틴 소재 오프숄더 블랙 드레스의 환상적인 허리 라인을 위해 점심은 스타벅스의 라떼 한잔으로 간단하게 때우기로 한다. 엠파이어 스테이트 빌딩의 스타벅스에서 마침 오늘 수요일 프로모션으로 스타벅스 라떼 사이즈를 업그레이드시켜준다고 했다. 스타벅스와 수요일에마저 감사하다. 사소한 일에도 기분이 들뜬다.

오늘은 그가 출장을 떠난 지 두 달 만의 데이트이다. 그의 출장은 평균 한 달에 한두 번인데 짧으면 2주, 길면 기한이 없을 정도로 출장이 생활인 직업을 가지고 있다. 이번에는 홍콩 지사의 구조 조정 건으로 골치 아픈 출장이 될 것이라며 혀를 내두르며 떠난 장기 출장이었다.

그는 한국에서 태어나자마자 미국으로 이민을 가서 자랐고, 대학 졸업 후에 금융업계에 뛰어들어 홍콩의 은행에서 10년간 일을 했다. 1년 전 다시 미국으로 돌아와 홍콩의 파트너와 함께 기업 금융 투자 사업을 시작해 홍콩에서 일했을 때보다 훨씬 더 바쁜 업무와 끊임없는 출장 스케줄을 소화해내고 있다.

우리는 1년 전 그가 미국으로 돌아와서 회사 설립으로 허덕거리고 있을 때, 그의 파트너사에 근무하던 내 친구의 소개로 만나게 되었다.

그들의 주 업무에 대한 설명과 일과 관련된 관계에 대해 처음 들었을 때, 나는 영화에서나 보던 월스트리트 남자들의 실제 모습을 내 눈으로 직접 보고 감동했다. 빳빳한 화이트 셔츠 소매를 걷어 올리고는 침을 튀기며 비즈니스 이야기를 하던 그들의 모습은 진짜 남자들의 세계를 보여주었다.

프리랜서 작가인 나는 인물의 직업에 대해 항상 많은 연구를 해왔는데, 늘 책 속에 설명되어 있던 그들이 지금 내 눈앞에 있는 것이 신기했다.

작가는 연구원이나 교수만큼이나 공부를 많이 해야 하는 직업이다.

항상 다른 캐릭터를 만들어내기 위해 다양한 직업에 대한 이해도가 높아야 하고 일반 회사원의 사무적인 프로세스나 호칭, 접대 문화는 물론이며 다양한 사람들의 문화, 태어난 나라나 지역별 성향, 식 문화, 예술, 음악 등 더 이상 설명하기엔 끝도 없는 수많은 지식을 이해하고 있어야만 다채로운 캐릭터가 자연스럽게 탄생하기 때문이다. 그러나 역시 백문이 불여일견이라고 했던가.

내가 책으로 공부했던 화이트칼라는 너무 고상했다. 매일 전쟁터로 출근하는 금융인들의 세계, 그들의 비즈니스 세계는 내가 책으로 연구한 것보다 훨씬 더 터프하고 생동감 있었으며 상상 이상으로 위험하고 모험적이었다.

터프한 나의 남자는 오늘도 빳빳한 셔츠 칼라를 단정하게 세우고 서류가방을 한 손에 들고 내 구두보다 더 반짝이는 구두를 또각거리며 레스토랑에 들어올 것이다.

신사의 모습으로 등장할 그에게 멋진 연인으로서 그의 기를 세워주고 그 멋진 순간을 함께 즐기고 싶다. 그 모습을 상상하니 갑자기 남은 라떼마저 더 이상 먹고 싶지 않아진다.

오늘도 아마 우리는 언제나처럼 레스토랑 문이 닫히고 직원들이 제발 나가달라고 할 때까지 샴페인을 마실 것이다. 그는 나를 오드리 헵번처럼 대한다. 지적이고 우아한 여성으로 대접해주고 나는 그런 그를 실망시키지 않기 위해 내면까지 싹 털어서 있건 없건 내가 뽑어낼 수

NATURE REPUBLIC
FedEx
NewBank
STAGE

있는 모든 아름다움으로써 그에게 화답한다. 책 속에서 본 남자가 실제로 더욱 멋졌듯이, TV에서 본 20대의 오드리 헵번은 이렇게 실제 하게 된다.

우리는 이렇게 영화처럼 산다.

김치 대신 구절판

새로운 딜 때문에 최근 예민해진데다가 잦은 술자리에 정신을 잃을 듯이 힘들어하는 그를 위해 나는 글을 쓰다 말고 아침밥을 차려주러 그의 집으로 향한다. 아파트 옆 건물의 푸드 홀마켓에서 이것저것 장을 보고 그의 아파트로 가서 비밀번호를 누르고 들어간다.

분명히 시체처럼 엎드려서 세상모르고 자고 있을 그다. 그의 생사 확인을 미루고 먼저 냉장고를 열어본다. 예상대로 지난주에 만들어준 3가지 반찬들은 손도 대지 않았다. 평생을 외식으로 연명해온 남자에게 가끔 쌀밥이 먹고 싶으면 함께 먹으라고 간단히 만들어준 밑반찬들이다. 그가 퇴근 후 집에 와서 한 잔씩 하는 국가별 맥주들은 빈틈없이 가득 채워져 있고, 안주 삼아 먹는 호두와 치즈 몇 가지가 전부다.

'남자들이란……'

나도 모르게 고개를 젓다가 냉장고를 닫고 그의 생사를 확인하러 방으로 간다. 예민한 그는 빛이 조금이라도 있으면 잠을 자지 못해 그의 침실에는 항상 암막 커튼이 쳐있다. 어제 비즈니스 디너로 인해 오늘은 오후에 출근한다고 했다. 이미 시간이 오전 11시 30분, 커튼을 활짝 열고 이불 속에 파묻힌 그를 찾는다. 베개를 끌어안고 자고 있는 그가 한껏 인상을 찌푸리면서 말했다.

"어… 왔어? 나 좀 더 자면 안 돼?"

"일어나, 씻고 밥 먹고 회사 나가봐야지. 한 시에 미팅이라며."

꿈쩍도 안 하고 숨소리도 안 들린다. 다시 그를 흔들어 깨운다.

"일어나~ 일어나서 밥 먹자! 맛있는 거 해줄게."

"으응~ 근데 나 죽을 것 같아."

"다시 살려줄게. 일단 씻어."

주방으로 가서 그를 위해 아침상을 아니 딱 브런치 할 시간에 해장 밥상을 차려준다.

한국에서 아르바이트로 출판사에서 일하던 20대에 요리가 취미였던 나는 요리 학원에 다니면서 한식을 배웠다. 덕분에 웬만한 한식 요리는 기본 이상은 하는 수준인데, 미국과 홍콩에서 살아온 그가 한국 음식을 잘 먹지 못하고 살았기 때문에 일부러 한식 위주로 밥상을 차려주곤 했다.

당신이 태어난 나라이고 내가 자라온 곳의 음식이니까.

그런데 그는 한국 사람들이 주식처럼 먹는 김치찌개나 된장찌개 같은 음식에 대해 적응하지 못했다. 주로 비즈니스 접대 시 한국음식점에 가서 먹었던 일품요리나 퓨전 요리에만 익숙한 탓이다.

그가 지극히 한국인들의 일상적인 음식에 거부감이 있다고 판단한 나는 그를 위한 맞춤형 한식 밥상을 차려준다.

김치 대신 샐러드처럼 먹을 수 있는 구절판을, 수프 대신 황태 미역국을, 메인 요리로 갈비찜을, 식사로 쌀밥 대신 해장 누룽지를, 디저트로 한인타운에서 사 온 약과를 통해 당 충전을 하고 온전히 에너지를 회복하기를 바라며 정성스레 식사를 준비했다.

동그랗게 밀전병을 만들고 달걀, 당근, 오이, 표고버섯, 소고기, 파프리카, 애호박을 지지고 볶아서 구절판을 만들었다. 황태 미역국은 최대한 깔끔하게 멸치 다시마 육수와 들기름, 약간의 소금만으로 끓이고 시간이 걸리는 갈비찜은 어젯밤에 이미 그를 위해 나의 아파트에서 2 시간 넘게 걸려 만들어 왔다.

그가 젖은 머리로 밥상에 앉았다.

"우와~ 맛있겠다."

그가 미역국을 한 입 떠먹고 나서 구절판으로 쌈을 만들어 먹더니 그의 트레이드마크인 한쪽 눈을 찡긋거리며 엄지를 올린다.

나의 남자는 김치 대신 구절판을 먹는 호화스러운 뉴욕 남자다.

클래식은 항상 옳다.

그는 클래식의 대명사다. 46살 중년 남자의 중후함과 날카로운 금융인의 얼굴을 동시에 가졌다. 항상 변함없는 2:8 가르마에 스프레이나 젤이 아닌 포마드 왁스를 바른 듯한 딱 그 20세기 초반의 영화에서나 보던 월가 남자들의 모습. 그보다 14살이나 어린 내가 이해하기에는 다소 올드하다고 느낄 수도 있는 완벽한 클래식 스타일인데 그의 모습은 절대 촌스러움과는 거리가 멀다. 20세기 초반의 흑백 사진에 그의 모습을 합성해도 전혀 어색하지 않을 그의 남다른 패션 감각은 일반적인 회사원 남자들의 코드와는 완벽하게 다르다.

그의 아파트 드레스 룸을 열면 가장 먼저 눈에 띄는 것이 똑같은 디자인의 블루 셔츠 10벌과 화이트 셔츠 10벌이 기가 막힌 배열로 줄을 서 있는 모습이다. 그의 양복 디자인은 평범한 남자들의 양복과는 차원이 달랐다. 그의 블루 셔츠는 고혹적인 파란색이었으며 칼라는 넓고 납작하면서 목은 긴 스타일의 클래식 교과서 같은 디자인이다. 소매 끝에는 그의 이름 이니셜을 옅은 베이지 칼라로 새겨 넣었고 넥타이핀이나 커프스 링은 항상 세트로 착용한다.

그의 양복바지는 복사뼈를 가릴 듯 말 듯한 아슬아슬한 기장에 슬림하며, 구김 하나 없이 항상 일자로 딱 떨어지는 최고급 소재다.

넥타이는 50개도 넘어 보이는데 무지개처럼 톤에 따라 일렬로 정리해서 걸어두었고, 안경은 비슷해 보이지만 모두 다른 디자인이 8개, 골드 테 안경 5개와 실버 테 안경 3개가 드레스룸 진열대에 고귀한 자태로 누워있다. 그가 즐겨 끼는 안경은 골드의 얇고 둥근 테, 이 역시 20세기 초반에도 존재했을 법한 디자인이다.

그가 좋아하는 시계는 최고의 명품 브랜드 별로 역시 고귀한 안경 옆에 줄을 맞춰 진열되어 있다. 갑자기 그의 드레스룸을 구경하다가 거실에 있는 그에게 뛰어나가서 물었다.

"솔직히 말해! 1920년에 살아 있었지?"

그 말을 듣고 잠시 생각하는 듯한 몇 초의 정적 후, 신문을 보고 있던 그는 어린 여자친구의 장난스러운 발언에 깔깔대고 웃다가 소파 뒤로 넘어가고 말았다.

그를 통해 배운 것이 있다.

시간이 지나도 변하지 않는 것을 추구하라.

클래식은 항상 옳다.

어니언 수프와 돔페리뇽

소호의 프렌치 비스트로 발타자르, 소호에서 핫한 레스토랑인 이곳은 예약 없이는 1시간 이상 기다려야 하는 레스토랑이다. 나는 입구로 들어가서 데스크에 서 있는 느긋한 이탈리안 매니저에게 예약 명을 댄다. 그가 이탈리안 특유의 밝고 친절함 넘치는 미소로 나를 자리로 안내해주었다.

그는 퇴근길 교통난 때문에 5분 후 도착할 것 같다고 메시지가 와 있다. 나는 안내된 자리에 앉아 주위를 둘러보았다.

발타자르는 꽤 규모가 큰 레스토랑인데다가 테이블 간격도 오밀조밀해서 사실상 굉장히 많은 사람이 한 공간에 모여있는 곳이다. 덕분에 약간의 소음과 커트러리가 접시에 부딪치는 달그락거리는 소리, 여기저기 와인잔을 부딪치는 소리가 뒤섞여 웅성거린다.

'오랜만이야. 이 웅성거림과 다양한 사람들.'

우리는 이국적인 이곳을 좋아한다. 첫 만남도 이곳이었다.

처음 만나서 우리는 레스토랑 문이 닫힐 때까지 샴페인 2병과 와인 3병을 마셨다.

소개시켜 준 친구가 먼저 자리를 뜨고서도 우리는 한참을 샴페인을 나눠 마시며 마치 연애한 지 10년쯤 된 연인처럼 친근하게 대화를 했다.

첫 만남에서 헤어질 무렵 마지막 샴페인 잔을 들고서 그가 진지하게 말했었다.

"저는 사실 항상 출장 때문에 한곳에 머무를 수가 없는 직업이라서 매일 이렇게 데이트를 하거나 많은 시간을 함께 할 수는 없겠지만, 그래도 괜찮으시다면 우리…… 연애할래요?"

이 남자, 32살인 내 나이 또래의 남자들과는 다르다.

그들이 갖지 못하는 중년의 안정감과 비즈니스로 다져진 또랑또랑하면서도 점잖은 목소리, 재력, 권력, 무엇보다도 어설프게 여자나 꼬셔

보려는 얕은수 따위는 쓰지 않는다. 그러면서도 장난기 어린 농담으로 위트 있게 분위기를 유도할 수 있는 신사 중의 신사.

이 남자 마치 미국의 드라마 섹스 앤 더 시티의 '빅' 같은 남자다.

오늘 나는 뉴욕 소호의 가장 핫한 레스토랑에서 빅을 만난 캐리가 된다.

그가 도착할 시간이 되었다. 발랄한 러시아 출신의 웨이트리스가 물 주문을 받는다.

먼저 따뜻한 커피 한 잔을 시켰다. 그를 위해 준비한 나의 블랙 드레스는 아름다운 대신 드러난 어깨가 춥기 때문이다. 잠시 후 그가 저 멀리 문을 열고 들어와 나를 맞이해 준 이탈리안 매니저에게 예약을 확인하고 있다. 매니저가 우리의 좌석 쪽을 손으로 가리키자 그가 나를 본다. 손을 들어 흔들자 그가 매니저와 함께 내 자리로 왔다. 멀리서 봐도 한눈에 띄는 그의 스타일은 정말이지 예상한 그대로이다.

넓은 칼라의 화이트 셔츠에 그레이 계열의 타이, 검디검은 딱 떨어지는 슈트를 입고 서류가방을 들고선 금테 안경을 꼈다. 2:8 가르마를 한 사람은 이 레스토랑에 당신 하나뿐인 걸 보니 내 연인이 확실하다. 소나기가 왔는지 재킷 어깨가 젖어 있다.

"오래 기다렸어? 미안해 트래픽에 딱 걸렸어. 아… 뉴욕에 온 게 맞네."

"오랜만이야. 이게 애인끼리 할 소리야? 하하. 일은 잘됐어?"

"응. 이번에 대대적인 구조 조정이 있어서 너무 힘들었어. 직원들을 한 명씩 면담하면서 그들을 그 자리에서 해고 시켜야 했거든. 다시는 하고 싶지 않은 일이야."

이번에 홍콩지사에 가서 그가 맡은 임무는 구조 조정 대상자들과 한 명씩 면담하고 그 자리에서 해고 사실을 통보하는 일이었다. 그런데 해고 대상자가 전 직원의 40%나 되는 대 인원 이었기에 그는 임원의 일원으로서 직접 임무를 완수해야 했다.

"아… 경기가 너무 안 좋아. 이건 말이 안 돼. 내가 일하면서 이런 경기는 처음인 것 같아."

"그랬구나. 마음고생이 많았겠어. 오빠는 별문제 없는 거지?"

"나? 하하, 그럼. 이 바닥에서 20년이야. 만약에 최악의 사태가 터지더라도 그 정도 준비는 이미 해뒀다고."

듬직한 마음에 절로 미소가 지어진다.

"오빠 배고프지? 우리 주문하자."

"응. 나는 어니언 수프, 그리고 돔페리뇽으로 시작할까?"

메뉴마저 고전이다.

우리는 어니언 수프와 돔페리뇽 그리고 머쉬룸 타르트와 오가닉 연어요리를 먼저 주문했다. 처음에 내게 물을 가져다준 발랄한 웨이트리스가 다시 와서 우리의 주문을 열심히 받아 적으면서 메뉴를 한 가지씩 말할 때마다 연신 'Perfect!'를 외친다. 귀여운 그녀가 자리를 떠나고 내가 말했다.

"우리가 좀 완벽하긴 하지."

그가 고개를 끄덕거리며 크게 웃는다. 샴페인이 도착했다. 그와 내가 처음 만나 마신 샴페인이자, 그 뒤로도 만날 때마다 첫 잔으로 마시는 돔페리뇽. 발랄한 아가씨가 잔을 채워주고 역시 발랄하게 외친다.

"Have a nice Dinner!"

우리는 그 좁은 테이블 하나를 사이에 두고 샴페인 잔을 부딪치며 마치 말을 맞추기라도 한 듯이 눈으로 신호를 보내고 이내 동시에 합창한다.

"Chin Chin!"

당신과 나, 영화 같은 우리 둘을 위해서 건배! 친친!

신사와 뱀

그가 일하는 모습은 정말 멋지다. 교양 있는 점잖은 목소리와 냉정하면서도 간결한 말투로 일에 대한 이야기나 누군가와 통화를 할 때 그의 모습은 영락없는 신사의 표본이다.

가을의 선선한 어느 저녁, 나의 생일을 기념하며 우리는 늘 그렇듯이 레스토랑이 문을 닫기 직전까지 유일한 손님으로 남아 마지막 샴페인 병을 비우고 있었다.

6시간째 식사와 함께 와인이며 샴페인을 과하게 먹어서 우리 둘 다 매우 취했고 이미 했던 이야기들이 다시 반복될 정도로 제정신이 아니었다. 그는 나에게 선물한 다이아몬드 목걸이를 보며 자신의 훌륭한 안목에 대해 스스로 벌써 3번째 같은 칭찬을 하고 있다. 그러다가 그가 최근 자신이 진행하고 있는 여러 가지 딜에 대해 이야기하기 시작했다. 자신에 대해 자랑하기를 좋아하는 그는 항상 자신의 고상한 취미와 살아온 배경, A급 여배우와 사귀었던 이야기 등 수많은 자랑거리에 대해 자연스럽게 이야기하곤 한다.

"이번 딜은 내 인생을 바꿀 수도 있을 만큼 대단해. 잘만 되면 난 더 이상 일하지 않아도 될지 몰라."

자신감을 뛰어넘어 교만함이 섞인 그의 말투와 표정이 그가 치열한 금융 업계에서 살아남기 위해 얼마나 거센 길을 걸어왔는지를 느끼게 한다.

돈이 전부인 그의 세상, 나의 성공을 위해서는 누군가를 이겨야만 하니 그들을 짓밟아야만 한다. 상대에게는 미안하지만 내가 살아남기 위해서는 어쩔 수 없이 상대의 목을 먼저 물어야 하는 동물의 세계에서 평생을 살아온 그의 눈동자가 돔페리뇽을 가득 담은 샴페인 잔 너머로 탐욕스러움에 이글거린다. 그의 금테 안경 뒤 교양 있던 눈빛은 지금 자신감에 불타올라 마치 먹잇감을 노리는 뱀의 눈처럼 보인다.

뱀 같은 사람. 그는 삭시반 누구보다도 강력한 독을 가진 날렵한

뱀이다.

언젠가 내가 그에게 불필요해지거나 그놈의 '딜'의 중요함에 밀릴 때에 아마도 그는 날렵하게 내 곁을 빠져나갈 것이다. 나는 그날 그의 눈에서 뱀과 악마를 동시에 보았다.

그리고 내가 만난 모든 금융인을 관찰한 결과 그를 포함한 금융인들의 공통점을 발견했다.

돈과 여자 중에 하나만 택하라면 어떠한 경우에도 절대로 여자를 선택하지 않는다.

JFK 공항, 다시는 돌아오지 않는 항공편

그를 본 마지막 날, 그의 아파트에서 그는 캐리어에 짐을 급하게 싸고 있었다.

그는 내게 긴 출장을 가야 한다고 했다.

"또 떠나? 이번에는 얼마나, 어디로?"

그의 표정이 다른 때와 다르다.

"이번에는 말할 수 없어. 나도 모르거든."

그가 짐을 싸다 말고 소파에 주저앉아 머리를 잡고 괴로워한다.

"1년 동안 공들여온 딜이 잘못됐어. 정말 큰 딜이었는데 받아놓은 두자금 전부를 날려버렸다고. 당분간 멀리 나가 있으려고. 지금은 아무도

이걸 해결할 수 없는 상황이야."

상상도 할 수 없는 일이었다. 모든 일이 잘 되고 있는 줄 알았던 그가 순식간에 금융 사기꾼이 되어 해외로 도피를 가야 하는 상황이 되었다는 건가? 그 역시 충격이 큰 것 같았다.

몇 년 후면 50살이 되는 중년 남자에게 사업 실패는 곧 다시 일어날 기회가 이제 다시는 없을지도 모른다는 말과 같다는 것을 그와 헤어진 후에 알게 되었다.

"언제 온다고 말이라도 해주고 가야지!"

"지금은 아무것도 장담할 수 없어. 미안해. 연락할게."

가을이 끝나갈 무렵이라 제법 쌀쌀한 밤이었는데, 그는 그 와중에도 멋스러운 네이비 슈트에 트렌치코트를 입고 캐리어를 끌고는 그렇게 허무하게 JFK 공항으로 떠나버렸다.

너무나 멋진 모습으로, 다시는 돌아오지 않을 항공편을 타고.

떠나지 않는 남자

싸늘한 바람이 곧 겨울을 알려오는 늦가을의 어느 주말 오후 5시 즈음, 어퍼 웨스트 사이드의 한 골목을 지나다가 눈에 띄는 작은 책방을 발견했다. 겉으로 보기에도 책방이 너무 작아서 문인지 창문인지도 모르겠다. 해리포터의 덤블도어 교수처럼 생긴 온통 하얀 수염의 책방

할아버지가 다락에 앉아 안경을 내려 끼고 책을 읽고 있다. 어제도, 오늘도 그랬고 내일도 그럴 것이고, 적어도 이전의 50여 년은 이렇게 살아오셨을 거다.

시간이 지나도 변하지 않는 것들이 있다. 그와 식사하기 위해 자주 갔던 플라자 호텔의 타일 바닥과 샹들리에처럼, 이 책방의 모습처럼 그것들은 가만히 있는데 사람만 바뀐다.

한 곳에 머무르지 않는 사람. 항상 떠날 준비가 되어 있는 사람.

그와 헤어지고 나서 세상에 소중한 것들 중 하나만 허락된다면 애는 바라지도 않으니 항상 내 옆에 있을 듬직한 남편이나 하나 있었으면 좋겠다고 생각했다.

그 남편이라는 사람은 변치 않는 우직한 마음으로 평생 내 옆에서 나를 떠나지 않는 사람이었으면 좋겠다고.

떠날 때마다 서로 너무 아프잖아.

남은 와인 반잔의 의미

혼자서 잠 안 오는 밤이면 항상 화이트 와인을 한 잔씩 따라 마신다.

안주는 한 팩씩 포장된 치즈 하나 또는 청포도, 아니면 어젯밤 한 젓가락 먹다가 냉장고에 집어 넣어버린 배달음식? 맛있게 익은 피노누아

Siclys

화이트 와인을 한 잔 따라 마시고는 한껏 기분이 좋아진다. 첫 한 모금의 시원함과 달콤함, 과일 향과 함께 느끼는 신맛이 기분을 새롭게 해주니까.

한 잔을 마시고 나니 당연한 듯 한 잔을 더 따른다. 그런데 항상 이 두 번째 잔을 다 마시지를 못한다. 더 이상 취해서 마실 수가 없다. 혼자 마시는 술은 둘이 마실 때보다 훨씬 빨리 취해서 둘일 때는 한 병도 거뜬하던 것이 혼자서 마시니 어림도 없다.

혼자 있으니 무언가 지는 느낌이다. 약해진다. 아니 약해졌다.

그와 함께 와인과 샴페인을 밤새 마시고는 아침에 눈을 떠 사방에 널브러져 있는 빈 병들을 보고는 아마도 우리는 미쳤을지도 모른다고 깔깔거리던 기억을 끄집어내는 남은 와인 반 잔이 미치도록 야속하다.

내가 마시던 술잔에 술이 남은 채 술자리를 끝내려고 하면 그는 내게 물었다.

"다 마신 거야?"

"응, 배불러서 더 이상 못 마시겠어."

그러면 그는 내 잔을 들고 꿀꺽꿀꺽 마셔 잔을 비우고는 나를 향해 한쪽 눈을 찡긋거리며 명쾌하게 말하곤 한다.

"가자!"

그는 내가 남긴 술뿐 아니라, 내가 식사를 하다가 내 앞 접시에 음식이 남아있거나 내 밥공기에 밥이 남아있으면 역시 똑같이 묻고는 싹싹

긁어먹는다. 그럴 때면 기가 막혀서 웃음이 나오면서도 그가 나를 가족만큼 편하고 거리낌 없이 생각한다는 생각이 들어 더욱 든든하고 기분이 좋아졌다.

사랑한다는 것은 이런 것 아닐까?

당신과 나의 밥그릇이 구별 없이 당신의 밥그릇에 밥이 부족하면 내 밥을 덜어주고, 당신 밥이 많으면 내가 덜어가고.

고통스러운 일, 아픈 일이 생기면 역시 덜어주고, 덜어가고.

'내가 이만큼 했으니까 너도 이만큼 해' 말고, '네가 이만큼 하니까 내가 나머지 할게.'

'나' 가 먼저가 아니라 '너' 가 먼저가 됐을 때 감히 '나는 사랑을 하고 있다' 라고 말할 자격이 생기는 것 같다.

나는 당신의 고통과 아픔을 덜어갈 준비가 되어있는데, 당신은 덜어주지 않고 혼자 짊어진 채 그렇게 떠나버렸다. 하지만 나보다 한참 어른인 그에게 배울 것이 있다.

훌륭한 어른이 되어야지. 아무것도 모른 척하거나 버리지 않는 책임지는 사람.

항상 떠났다가 돌아오던 그가 이제는 돌아오지 않을 오늘, 혼자 마시다가 남긴 반 잔의 와인을 마셔줄 사람이 없으니, 나는 지금 사랑을 하고 있지 않은 게 확실하구나.

비움, 다시, 채움

원래부터 네 것도 아니었잖아. 샴페인 때문에 잠시 취해있었을 뿐이야.

그냥 한 편의 영화를 본 거라고 생각해.

제대로 비움은 아름다운 것을 채울 절호의 기회야.

어떠한 빈자리도 언젠가는 다른 무언가로 채워지겠지.

그의 자리도 다른 아름다운 사랑으로 채워지겠지.

AVENUE

목요일 브루클린 브리지 - 요리사 & 포토그래퍼

오전 7시 30분. 이스트 빌리지의 한 호텔 안 연회장에 언뜻 봐도 약 20여 명의 사람들이 모여서 분주하게 무언가를 준비하고 있다. 요리사들은 주방과 연회장을 오가며 조심스럽게 접시를 들고 연회장 한편에 마련된 세트장으로 오늘의 주인공인 음식을 실어 나른다. 나는 내 팀인 3명의 어시스트들과 함께 음식이 도착하는 대로 스타일링을 시작한다.

"셰프님, 가니쉬는 한 세트씩 따로 준비해 주시고요, 사용하셨던 향신료와 허브잎은 따로 준비 부탁드립니다."

정성껏 만든 자신의 요리를 들고 온 선한 눈빛의 호텔 주방장에게 완벽한 메뉴 촬영을 위한 부재료를 더 준비해달라고 부탁했다.

나는 푸드스타일리스트다. 오늘은 이 호텔의 부사장이자 친구인 존의 부탁으로 연회 음식 촬영의 스타일링을 담당하게 되었다. 미국인인 존은 어려서부터 호텔업을 하신 아버지 덕에 숙박, 외식, 연회에 관련해서 폭넓은 지식과 경험을 보유한 흔치 않은 이 지역 최연소 호텔 운영자이다.

또한 영리한 머리와 신뢰감 가는 외모까지 물려받아 친구들 사이에서 '다 가진 놈' 이라는 별명을 가졌다. 존이 비서와 총괄 매니저를 대동하고 연회장 안으로 들어왔다.

"잘 지냈지? 오늘 잘 부탁하고 멋지게 만들어줘!"

멋진 녀석, 쿨하게 말하고는 나에게 모든 것을 맡긴다며 연회장을 나가버렸다. 사진작가는 한 손에는 커피를 들고 뿔테 안경을 계속 추켜올리며 촬영 준비에 한창이다. 우리는 지난주에 이미 촬영을 위한 사전 미팅에서 만난 사이다. 유니온스퀘어 북쪽에 위치한 그의 스튜디오에서 그와 그의 스탭 1명, 나와 나의 스탭 1명이 함께 미팅을 하며 메뉴 촬영 콘셉트를 상의하고 시안을 결정했다. 촬영할 메뉴에 관해 이야기하는데, 이 사진작가는 굉장히 수동적인 태도로 계속 핸드폰이나 만지작거리면서 별다른 의견 없이 나의 의견에 동조만 하는 분위기였다. 화가 나지만 꾹꾹 성질을 참아가며 내 의견을 말했다.

"이번 촬영은 전반적으로 음식이 정갈하게 표현될 수 있도록 최소한의 스타일링만 했으면 해요. 촬영 톤은 너무 어둡지 않게 갔으면 좋겠는데 어떠세요?"

"네, 그렇게 하시죠."

계속 이런 대화가 반복되다 보니 나는 짜증이 나기 시작했다.

'아니, 뭐 이런 사람이 다 있어, 하기 싫은 건가?'

듣다못해 불같은 성격의 내가 그에게 단도직입적으로 말했다.

"저기 작가님, 죄송한데 이 프로젝트 하기 싫으신 건 아니죠? 촬영 톤을 지금 제가 잡아야 하나요? 의견 없으세요? 계속 딴짓만 하고 계시잖아요."

그러자 그가 재미있다는 듯이 웃으면서 말한다.

"아니요. 촬영 콘셉트를 너무 잘 잡으셔서, 저는 그냥 잡아 놓은 대로 최선을 다해 잘 찍을게요. 잘 찍으면 되잖아요? 그게 제 임무이니까."

사진작가들 중에는 예술가적 성향이 너무 강해서 누구를 막론하고 촬영 콘셉트에 한마디도 끼어들지 못하게 똥고집을 부리는 작가가 있는가 하면, 이렇게 한량같이 실실거리며 놀듯이 일하는 작가들도 많이 봐왔다.

'이 사람은 날라리과군.'

그렇게 탐탁지 않은 첫인상으로 그를 다시 만난 오늘 아침, 그와 마주치고는 매우 사무적인 인사만을 나눈 채 나는 내 일에 몰입했다. 산만하게 커피를 들고 카메라를 세팅하는 자세도 마음에 안 들고, 실내에서 답답해 보이는 괴상한 베레모를 쓰고 있는 것도 다 마음에 안 든다.

'일에만 집중하자. 일에만!'

그는 패션 화보와 광고 사진을 전문으로 하는 프로페셔널 사진작가다. 고등학교 때 한국에서 유학을 와서 FIT를 졸업하고 광고 회사에 취직했다가 돌고 돌아 지금의 사진작가가 되었다고 한다. 보그, 코즈모폴리턴, 엘르와 같은 패션 잡지의 광고와 화보를 주로 촬영한다고 하는데 물론 유명한 외식 기업들과 작업한 포트폴리오가 있었기 때문에 그가 오늘의 촬영을 담당할 수 있었다. 존이 지인으로부터 이 작가를 소개받고 첫 미팅을 하면서 진중한 그의 태도가 너무 마음에 들어 그 자리에서 촬영 작가 섭외를 결정했다고 했다. 존의 말로는 그가 아주 실력 있는 사람이라고 극찬하면서 특히 우리 둘은 같은 한국 사람들이니 더욱 말이 잘 통할 것 같다며 소개했는데 그 사람의 어떤 구석도 전혀 마음에 들지 않았다.

'존, 넌 아버지처럼 비즈니스 하려면 아직 멀었다. 이렇게 사람 보는 눈이 없어서야…….'

촬영이 한창 진행되고 시간을 보니 벌써 8시간째, 집중력이 떨어질 즈음해서 작은 사고가 터졌다. 연회장 바닥에 마감이 안 된 대형 나무 합판을 깔고 그 위에 음식을 세팅하고 있었는데, 내가 합판을 옮겨 촬영 각도를 잡다가 떨어뜨리면서 거친 합판 모서리에 손이 긁힌 것이다.

나도 모르게 "아야!"라고 외치고는 응급처치를 위해 스탭용 테이블에 놓인 내 핸드백을 찾아 벌떡 일어섰다. 설마 했는데 검지에 깊이 나무 가시가 여러 개 파고들었고 심하게 긁혀서 피가 계속 흐르기 시작했다. 너무나 창피했다. 프로페셔널한 내가 이런 말도 안 되는 실수를 하다니. 어시스트들이 나 대신 가방에서 물티슈와 비상용 밴드를 뒤적여 찾기 시작했다. 그리고 티슈로 대충 닦아내고 밴드를 붙이려는 순간 누군가 내 손목을 덥석 잡더니 어시스트가 든 밴드를 빼앗았다.

"치료도 안 하고 밴드만 붙이면 어떻게 해요. 덧나려고!"

그가 남의 어시스트에게 덜컥 화를 내더니 자기 스탭을 부른다.

"조감독, 연장 가져와라"

잠시 후 조감독으로 추정되는 남자가 작은 구급상자를 들고 뛰어왔다.

그는 구급상자를 열더니 핀셋과 소독약, 거즈, 솜을 꺼내 아무 말 없이 나를 치료하기 시작했다.

나는 너무 아픈 데다가 이 거침없는 남자의 카리스마에 눌려서 가만히 치료를 받을 수밖에 없었다. 밴드 하나로 끝내려고 했는데, 그의 응급 치료 후에 거대한 붕대를 감은 중환자가 되어버린 내 검지를 바라보며 진지하게 그에게 말했다.

"손가락이 너무 커요."

그의 웃음이 터져버렸다. 그 조용하다던 사람이 너무 크게 깔깔거리며 웃는다. 나도 웃고 모든 스탭이 진지한 그 상황이 너무 웃겨서 진지하고 무겁던 촬영 분위기가 바뀌어버렸다. 민망함에 내가 촬영장 상황을 다시 정리했다.

"자. 죄송합니다. 다시 시작합시다!"

그렇게 우리는 10시간의 촬영을 마치고 호텔 측에서 마련해준 저녁 식사를 함께하며 오늘의 촬영에 대한 사무적인 이야기와 스튜디오 이야기, 우리 팀의 스타일링 이야기를 나누며 즐겁게 식사를 마쳤다.

포토 팀은 촬영 장비를, 우리 팀은 스타일링 장비를 챙겨 들고 호텔 주차장에서 다시 마주쳤다.

마지막으로 차에 타려는 나를 향해 그가 뛰어오더니 명함을 건넨다.

"실장님! 제 명함이요."

"지난번 첫 미팅 때 주셨는데요?"

"알아요. 버렸을까 봐요."

순간 웃음이 나왔다. 본인도 알고 있었구나. 내가 자기를 싫어했던 것을. 장난기가 발동해 그에게 말했다.

"어떻게 아셨지? 제 명함도 버리셨나요?"

"아니요! 받자마자 번호도 저장했는데."

그가 능글맞을 정도로 장난스럽게 말한다.

"내일 저녁에 혹시 시간 괜찮으시면 제 스튜디오로 오실래요? 저녁 때 친구들 여럿이랑 작은 와인 파티를 하기로 했는데 재미있을 거예요. 워낙 재미있는 친구들이라서."

"글쎄요. 스케줄 보고 연락드릴게요."

"저는 꼭 오실 거라고 알고 있을게요."

그렇게 나는 주차장에서 그에게 데이트 신청도 아닌 파티 초대를 받으면서 우리의 10시간 첫 공식적인 만남을 정리했다. 무언가 진이 빠지는 하루였다. 날라리 사진작가와의 신경전으로 하루를 시작해서 10시간 가까이 일한데다가 촬영 도중 손가락도 다치고 파티 초청도 받았다.

내가 오늘 이렇게 피곤한 까닭은 아마도 일보다 그 사진작가 때문인 것 같다.

그 사람 자면서도 생각이 나네. 괴상한 사람이다.

타이식 누들 샐러드

저녁 7시 나의 아파트, 오랜만에 아끼는 짙은 녹색 드레스를 꺼내 입고 화장을 시작했다. 항상 현장에서 일하는 탓에 활동이 편안한 통바지와 스니커즈, 티셔츠에 후드 재킷이나 입고 다니다가 오늘은 왠지 모를 들뜬 기분에 먼지 싸인 오렌지색 하이힐도 꺼내어 신어본다. 옷을 입으면서 계속 스스로 말하고 있는 나를 발견한다.

'옷은 그냥 입어보고, 일단 화장도 해 보는 거야. 그리고 안 가면 되지. 그런데 오늘 좀 예쁜데? 혹시 알아 파티에 멋진 남자들이 우르르 몰려올지.'

어제 그가 초대한 와인 파티에 갈 준비가 아니라고 스스로 말하면서

MACY'S
Eighth Ave
ONE WAY

이미 마음은 그곳에 가 있는, 거울 속의 외출 준비가 끝난 여자를 본다. 준비를 마쳤으니 이번에는 아무래도 음식을 좀 해야 할 것 같다. 파티하는 곳에 음식이나 와인을 가져가는 것이 예의인데 내가 명색이 푸드스타일리스트로써 무언가 해야 할 것 같은 압박감이 생기기 시작한다.

간단하게 할 수 있는 음식, 그가 좋아할 것 같은 음식, 파티에서 엣지 있을 만한 음식이 뭐가 있을까? 잠시 냉장고를 열고 고민을 한다.

타이식 누들 샐러드! 얌운센이라고도 불리는 이 샐러드는 맛에 비해 만드는 과정이 너무 간단하니 짧은 시간 동안 만들어서 가져가면 꽤 호응이 좋을 것 같았다.

주방에서 얇은 쌀국수 버미셀리를 꺼내 삶기 시작했다. 칵테일 새우도 데쳐내고, 냉장고에 있는 토마토, 샐러리, 양파를 찹(Chop) 해서 데친 새우와 삶아낸 버미셀리를 커다란 볼에 담았다. 이번에는 소스. 피시소스와 스위트 칠리소스, 라임과 고수, 마늘, 식초를 꺼내어 제법 타이 현지 맛이 나는 얌운센 소스를 만들어 재료가 담긴 볼에 넣어 한데 버무렸다. 멋스럽게 라임을 툭툭 웨지로 잘라 넣고 마지막으로 고수잎을 듬성듬성 잘라 넣으니 여느 타이 레스토랑 메뉴 부럽지 않다.

커다란 볼을 통째로 포장한 후 잠시 주방에 앉아 최종적으로 다시 한 번 고민을 한다.

'너무 쉽게 파티에 응했나? 정식 초대도 아니고, 하긴 가보고 아니다

싶으면 바로 나오지 뭐.'

어느새 아끼는 클러치 백을 들고 다른 한 손엔 샐러드를 들고 아파트를 나서고 있다. 5분 전에 부른 택시가 아파트 앞에 대기 중이다. 한껏 치장하고 하이힐까지 신어 자신감이 넘쳐흐르는 것이 왠지 오늘 기분이 좋다.

스튜디오 근처에 거의 도착했을 때 그에게 전화를 걸었다.

"저 지금 스튜디오 거의 다 왔는데, 파티는 예정대로 진행되고 있나요?"

"와! 진짜 오신 거예요? 신난다. 어서 들어오세요. 제가 마중 나가고 싶은데 나가 있으면 건물 다른 오피스에 찾아온 사람들이 발레파킹 직원인 줄 알고 자꾸 저한테 키를 주거든요."

유머러스한 이 사람, 생각보다 재미있는 남자일지도 모른다.

매디슨 스퀘어 파크 블루스

택시에서 내려 그의 스튜디오로 들어갔다. 그의 스튜디오는 지하에 복층을 한 층으로 터서 사용하고 있었는데 층고가 꽤 높아서 시야가 시원했다. 첫 미팅을 위해 찾았을 때 이 공간은 그저 100년 된 건물 원형을 그대로 살린 대형 창고에 있는 듯한 느낌이었는데 조명을 모두 끄고 곳곳에 잔뜩 켜 놓은 촛불과 작은 스탠드들의 주황색 불빛들로

옷을 갈아입으니 여기가 뉴욕인지 인도인지 그 어디인지 점점 잊을 법한 몽롱함을 발산한다. 살짝 긴장한 나의 기분도 스튜디오의 이국적인 분위기에서 와인의 도움으로 천천히 풀어지기 시작했다.

제법 넓은 그의 스튜디오에는 광고, 패션, 방송업계에 종사하는 멋쟁이 남자들이 8~10명 즈음, 배우나 가수인 것 같은데 TV를 볼 시간이 없는 나로서는 도무지 기억나지 않는 20대 초반의 아름다운 여성 3~4명이 보인다. 모두 여기저기에 서서 와인 잔을 들고 명함을 주고받거나 본래 친한 친구인 듯한 사람들은 즐겁게 대화를 나눈다. 그는 호스트라서 여기저기 인사를 하고 다니느라 바빠 보인다.

어느새 나도 이곳에 와서 처음 만난 증권사에서 일한다는 서른한 살의 남자와 식상한 자기소개를 하며 파티 호스트인 그와는 어떤 관계인지 또 어떤 일을 하는지 등에 관해 이야기를 나누었다. 그와 이야기하면서 저만치 멀리에 친구들과 대화를 나누는 그의 모습을 바라본다. 멀리서지만 이렇게 자세히 그를 관찰하는 것은 처음이다. 일할 때에도 그를 쳐다볼 정신은 없었기 때문에 오늘은 작정하고 한번 관찰해보기로 한다.

177~8cm 정도 되는 크지도 작지도 않은 키에 마른 듯하면서도 배만 나온 것을 보면 매일 술독에 빠져 사는 게 분명하다. 모자를 벗은 모습은 오늘 처음 보았는데 흰머리가 독특하게 자라있다. 마치 다람쥐의 줄무늬처럼 구레나룻만 회색빛인데 애니메이션 영화에서 본 쿵푸팬더가

떠오른다. 그의 장난스러운 말투나 행동과 어울리는 외모다. 볼 때마다 끼는 지나치게 두꺼운 뿔테 안경은 변함이 없고, 그다지 피부나 외모에 신경 쓰지 않는 사람인 듯 피부도 거칠고 옷은 평범하기 그지없다. 정말 그가 그 특유의 무표정한 얼굴로 건물 앞에 가만히 서 있으면 나도 큰 의심 없이 내 차 키를 맡길 수 있을 만한 굉장히 캐주얼한 모습이다.

오늘 그는 카키색의 티셔츠를 2개 레이어드해서 입었고 체인 달린 검은색 카고팬츠에 험하게 신은 듯한 스니커즈는 영락없이 현장에 나가 있던 그 사진작가가 맞다. 검은 뿔테 너머로 그의 웃는 눈이 보인다. 웃으면 눈이 없어지는구나. 눈두덩에 살이 많다. 더 자세히 보니 웃을 때 왼쪽 볼에만 살짝 보조개가 들어가서 제법 귀여운 외모다. 그렇게 한동안 나는 처음 보는 증권맨과 이야기하면서 눈으로는 그를 관찰했다. 관찰이 끝난 후 나는 증권맨에게 와인을 한 잔 더 가지러 가겠다고 말하고 케이터링 테이블로 갔다. 직업병인 듯 한눈에 봐도 대충 준비한 듯한 음식들이 눈에 거슬린다. 크래커와 여러 가지 종류의 치즈를 한데 마구 모아두었고 델리에서 잘라서 세트로 파는 과일이 커다란 볼에 가득 담겨있다. 어마어마한 양의 나초와 살사소스도 대강 놓여있고, 그래도 제법 피자는 소호의 유명한 피자집에서 테이크아웃을 해왔네. 본인이 갔을 리는 없고 아마도 부근의 친구에게 사 오라고 시켰겠지. 내가 만들어서 가지고 온 타이식 누들 샐러드나 좀 먹고 말아야 할 것 같다.

드디어 바쁘신 몸이 내 앞에 나타났다.

"미안해요. 못 온다던 동생들이 갑자기 몰려와서 인사하느라 정신이 없었네. 뭐 좀 먹었어요?"

"네, 먹을 게 너무 많아서……."

내 말의 의미를 알아챈 그가 웃으며 말한다.

"하하, 죄송해요. 손님 초대해놓고. 제가 이런 거 잘 못해요. 맨날 술이나 마실 줄 알지. 그리고 고마워요. 저 샐러드 정말 맛있어요. 타이 음식 제일 좋아하는데."

"초대해주셔서 감사해요. 덕분에 여러 사람들이랑 재미있게 즐기고 있어요."

"정말이요? 재미없을 텐데? 아까 한참 동안 얘기하던 놈은 아마 여기 있는 사람 중에서 제일 지루할 걸요? 취향 독특하시네."

그는 바쁜 척하고 다니면서 계속 나를 보고 있었다. 내가 그를 관찰하고 있는 모습도 봤을까?

그렇게 2시간이 훌쩍 지나고 파티를 즐기던 나는 오랜만에 하이힐을 신었더니 다리도 아픈데다가 배가 엄청 고파졌다. 당장 나가서 뭐라도 먹어야 할 것 같다.

"저 이만 가볼게요. 오늘 너무 재미있었어요. 또 뵐게요."

"어딜 가세요?"

"네? 집……에요?"

"거짓말, 이렇게 예쁘게 입고 집엘 가요? 그러지 말고 우리 나갈까요?"

"어딜요? 그리고 호스트가 파티에서 나가버리면 어떻게 해요?"

"저 원래 그래요. 얘들도 신경 안 쓰고요. 하하. 배고픈데 햄버거나 먹으러 갈래요?"

그가 내 손목을 잡더니 스튜디오 계단을 오르기 시작했다. 마치 촬영 때 다친 내 손목을 잡던 그날처럼 덥석 손목을 잡고. 다섯 블록을 걸어 매디슨 스퀘어 파크로 나를 데려갔다. 누가 봐도 파티장에 어울릴 법한 딥그린의 롱 드레스를 입고 하이힐을 신은 여자의 손목을 붙잡고 횡단보도를 뛰어가는 발레파킹맨의 모습을 남들이 어떻게 볼지 궁금하다. 왠지 우리의 모습이 우스꽝스러우면서도 재미있다.

우리는 매디슨 스퀘어 파크에 앉아 공원의 스피커에서 흘러나오는 멤피스 슬림(Memphis Slim)의 블루스 애브리웨어(Blues Everywhere)를 들으며 햄버거와 종이컵에 담긴 맥주를 마셨다. 이렇게 우아하고 아름답게 차려입은 뉴욕 여자가 뉴욕의 중심에서 블루스를 들으며 뉴욕 최고의 햄버거를 먹으며 파티를 하고 있다. 오늘의 두 번째 파티를. 정체불명의 뉴욕 남자와 함께.

SHAKE SHACK

여자친구 있는 내 남자

지난번 촬영 후 보정이 완료된 사진을 확인하고 최종 사용분을 확정하기 위해 세 번째로 그의 스튜디오를 다시 찾았다. 모니터로 함께 사진을 보다 말고 그가 말한다.

"녹색 안 어울리는 것 알아요?"

지난번 입었던 나의 드레스를 지적하는 듯한 그의 말 때문에 시무룩해진다.

"그래요? 난 잘 어울리는 것 같은데."

"피부색이랑 안 어울려요. 내 말 믿어요. 나 프로페셔널 사진작가에요."

이렇게 아무 감정도 표정도 없이 여자의 의상을 대놓고 지적하다니 괘씸하다.

"본인은 팬더같이 생긴 것 알아요? 왜 쿵푸팬더라고 있는데."

그의 웃음이 터졌다. 그가 웃으면서 나에게 미안한 표정으로 말한다.

"미안해요. 근데 진짜예요. 다음부터는 붉은 계열을 입어요. 보라색이나 밝은 빨간색 같은 걸로, 훨씬 잘 어울릴걸요."

'아, 솔직하다고 해야 하는 건지, 잘난 척이라고 해야 하는 건지.'

우리는 호텔 홈페이지와 메뉴판에 삽입할 사진을 최종으로 선정하고 호텔 측에 이메일을 보낸 후 공식적으로 이번 프로젝트를 마쳤다.

마친 기념으로 그가 커피를 내려주겠다고 했다.

둘이 소파에 마주 앉아 그가 내려주는 예가체프 커피를 마시며 새로운 이슈의 대화를 시작했다.

“그래서, 왜 남자친구가 없어요?”

“누가 없다고 한 적 있어요?”

“그럼 있어요?”

“아니요.”

“뭐야, 혹시 성격이 이상해요? 히스테리 같은 거 생기기엔 아직 젊어 보이는 데, 몇 살이에요?”

“28살이요. 그쪽은요?

“그쪽이라니! 한참 오빠한테, 36살이에요.”

내 말을 장난스럽게 받아치며 또 다른 장난을 칠 궁리를 하는 뿔테 안경 뒤 쿵푸팬더의 검은 눈동자가 보인다.

“작가님은 여자친구 있으세요?”

“네.”

너무 빨리 대답하는 그를 보고 있던 나의 얼굴이 순간적으로 표정관리가 안 되었지만, 나는 태연한 척 말했다.

“아, 얼마나 연애하셨는데요?”

“한 2년?”

“결혼하실 거예요?”

"특별한 일이 없으면 아마도?"

뭐 이 남자 바람둥이도 아니고 아닌 것도 아니고 나랑 뭐 하자는 건지 모르겠다.

"그런데 여자친구분이 저랑 공원 가서 맥주 마시고 지금처럼 일하다 말고 이렇게 커피나 마시면서 노닥거리는 걸 보면 화나겠어요."

"노닥거리다니요. 이게 뭐라고. 그리고 여자친구가 그런 모습 볼 일도 없어요. LA에 있거든요."

"저라면 싫을 것 같아서요. 작가님 참 쿨하시구나. 저는 좀 쿨하지 못해서 남의 남자랑 공원에서 햄버거 먹으면서 밤새 맥주 마셨던 건 여자친구분께 좀 미안해지네요."

"우리가 맥주나 마셨지 뭘 어쨌다고요, 그리고 여자친구가 있다고 했지 내가 결혼 약속을 한 것도 아니고, 지금 6개월째 보지도 못한 여자친구 때문에 이렇게 아름다운 분과 데이트 한 번도 못합니까?"

"답 없는 분이시네."

웃으면서 장난스럽게 나눈 대화였지만 마음 한구석이 불편해진 나는 자리를 정리했다.

"벌써 시간이 6시 반이나 됐네요. 이번 촬영 수고 많으셨어요. 다음에 또 촬영 연결되면 뵙죠."

"저녁 먹고 갈래요?"

"아니요. 그냥 갈게요. 집에 가서 먹으면 돼요."

"그러니까, 약속 없으니까 나랑 뭐 좀 먹고 들어갑시다. 아니면 드라이브라도 해요. 오늘 우리 수고했는데"

그가 내 대답은 듣지도 않고 벌써 스튜디오에 불을 끄고 재킷을 입으면서 이야기하고 있다.

더 이상 거절하는 것도 어색하고 괜히 분위기를 이상하게 만드는 것 같아서 조용히 스튜디오를 따라나섰다. 그가 검은색 랜드로버 디스커버리를 스튜디오 앞에 대고 나를 기다리고 있다. 차에 타야 할지 그냥 거절하고 집에 가야 할지를 다시 한 번 망설이다가 결국 이 와중에 다시 거절하는 것도 우스워서 조용히 조수석에 타서는 혼자 읊조린다.

'그래 다시 볼일도 없는 사람인데 혼자 오버하지 말자고.'

그가 운전을 하며 말한다.

"배고파요?"

"아니요. 별로요."

"그럼 우리 배고파질 때까지 잠깐 드라이브나 할까요?"

"어디를요?"

"브루클린 브리지!"

찡그린 웃음

그와 나는 그에게 여자친구가 있는 사실과 우리가 일 때문에 만난

아주 사무적인 관계라는 모든 사실을 배제하고 전혀 다른 이야기를 나누었다.

장난스러운 그는 자신의 삶에 관해 이야기 할 때는 실제적인 경험을 아주 구체적으로 설명하는 경향이 있었는데 덕분에 그의 이야기 한편을 듣고 나면 나는 이야기 속 등장인물의 이름과 나이, 직업 등 신상까지 모두 파악할 수 있을 정도였다.

그의 직업적인 꼼꼼한 성격이 그의 말투와 대화 속에 녹아있었고 그런 독특한 매력을 가진 그에 대해 알면 알수록 더욱 그가 내 것이 아님이 속상해져서 '찡그린 웃음' 이 지어진다.

찡그린 웃음이란 입은 웃고 있는데 눈과 이마가 찡그려지는 웃음이다. 마치 사람들이 지금 상황의 내 이야기를 듣다가 '안타까워서 어떻게 한다니, 참 안됐다!' 라는 말을 하면서 지을 것 같은 표정이다.

그가 오늘 그에 대하여 아주 장황하면서도 꼼꼼하게 해준 이야기는 3가지였다.

첫 번째는 그가 유학 당시에 파슨스 디자인 스쿨의 패션 디자인을 전공하는 친구와 가장 친했던 때가 있었는데 방과 후 거의 매일 자신의 학교로 찾아오는 그와 함께 늘 맥주를 마셨고 그러던 어느 날 맥줏집에서 축구를 보다가 갑자기 자신에게 고백하는 말을 듣고 그 남자애가 게이인 줄 처음 알았다는 이야기, 두 번째로 그가 태어나서 단 한 번도 여자에게 먼저 대시해 본 적이 없고 모두 여자 쪽에서 대시해서 연애를 했었다는 이야기, 그리고 세 번째로 자기가 일하면서 본 여자 중에 내가 가장 예쁘다는 이야기.

이 매력적인 사진작가는 너무나 솔직해서 머릿속에 있는 이야기를 반드시 표현한다. 분명 정상적인 남자이지만 여성적인 섬세함이 강하고 아티스트로서의 카리스마가 있다. 사진 찍는 사람의 손이 다 이런가 싶을 정도로 길고 가는 손가락과 해맑은 미소까지 가지고 있다.

그리고 가장 중요한 것은 그는 '남의 남자' 다. 이제는 그가 없어도 그를 떠올리면 자동으로 찡그린 웃음이 나온다.

그는 나를 찡그리며 웃게 하는 안타까운 사람이다.

하품의 의미

매디슨 스퀘어 파크에서의 햄버거 파티를 하던 날, 밤늦게까지 공원에서 이야기를 나누던 우리는 어느새 완전히 술이 깨어버렸다. 그가 집에 데려다주겠다고 해서 우리는 남은 술기운을 마저 깨기 위해 그의 스튜디오로 다시 다섯 블록을 걸어갔다. 운전하기 시작한 그는 액셀을 엄청 밟아댄다. 한 골목을 진입하면서 급하게 핸들을 꺾다가 인도 끝에 바퀴가 잘못 걸려 조수석의 바퀴가 터지고 말았다. 곧장 차를 세우고 차를 살펴보더니 머리를 긁적거리며 조수석에 앉아있는 나에게 말한다.

"멋있어 보이려고 오버했더니 바퀴가 터져버렸네?"

그의 소년 같은 말에 웃음이 나왔다.

"스페어타이어 있어요?"

"네, 잠깐만 앉아서 음악 좀 듣고 있어요. 내가 타이어 가는 동안."

그가 담배를 꺼내 물더니 트렁크에서 스페어타이어를 꺼내고 연장을 꺼내어 타이어를 갈기 시작했다. 실제로 타이어를 정비공이 아닌 일반인이 교체하는 것을 처음 본 나는 그의 솜씨를 구경했다. 제법 어설프지는 않은 실력이었다. 그가 담배를 다 태울 무렵 나에게 다시 말했다.

"다 돼가요 이제. 근데 저 멋있었어요? 타이어 아무나 가는 거 아닌데."

"네, 멋있어요, 멋있어."

"아…… 힘들어 죽는 줄 알았네. 다시는 내가 안 해야지!"

둘 다 동시에 웃음이 터졌다.

우리 둘 다 이미 서로를 좋아하고 있다는 것을 알고 있다. 서로에게 잘 보이고 싶고 표현을 숨기지도 않았다. 지금 서로 좋아하는 남녀 둘 사이의 고백이 필요한 완벽한 타이밍마다 얼굴조차 모르는 그의 '여자친구' 라는 존재가 스멀스멀 머릿속에 올라와 우리의 새로운 관계를 방해한다.

애가 타서 미칠 것 같다. 애가 타고 신경이 쓰이니 금세 피곤해진다. 그에게 모든 에너지를 쏟고 스트레스를 받으니 피곤해서 졸음이 오기 시작한다.

사랑하는 것은 너무나 큰 에너지를 소모하게 만드는 일이 분명하다. 나는 사랑에 빠질 때마다 자꾸 하품을 한다.

브루클린 브리지의 마법

달리는 차 안에서 고개를 배꼼이 내놓고 저 멀리 석양에 붉게 물들여진 브루클린 브리지를 바라본다. 그도 나도 아무런 말이 없다. 다리를 건너기 시작하면서 그가 조용히 선루프를 열었다. 갑자기 쌀쌀한 초가을 바람이 머리카락을 날리고 시원한 강바람이 숨통을 트이게 한다. 다리를 지나 달리는 석양이 너무나 아름다웠다. 우리는 여전히 아무 말 없이 지는 태양과 바람과 공기를 느낀다. 석양에 그늘진 그의 옆모습, 회색빛 구레나룻이 예쁘다.

갑자기 가슴이 뛴다. 이성도 현실도 브루클린 브리지를 건너는 지금 이 시간 동안은 잊어도 될 것 같다. 지금 이 순간에 이 사람이 내 남자였으면, 내 연인이라면 얼마나 좋을까? 또 매일 마음껏 손잡고 공원에서 햄버거도 먹고 맥주도 마실 수 있으면 좋겠고, 서로 일도 재미있게 할 수 있을 테고 또…….

수많은 꿈을 꾸기 시작한다. 그 수많은 꿈이 다리를 건너는 그 짧은 시간 동안 내 머리를 복잡하게 한다. 다리를 다 건너갈 때 즈음 다시 정신을 차린다. 아니 차려진다.

그 시간 동안에 꾸었던 들뜬 꿈은 아마도 브루클린 브리지의 마법일지도 모른다.

사랑에 빠지게 되는 로맨스를 품은 다리. 집으로 돌아갈 때 다시 한 번 이 다리를 건너기 시작하면 아마도 나는 그에게 사랑을 고백할지도 모른다. 집에 돌아갈 때는 맨해튼 브리지로 가자고 해야겠다. 나는 마법을 부리는 다리를 상대로 요동치는 내 마음을 도무지 감당해 낼 자신이 없으니.

브루클린 브리지를 건넌 후, 우리는 주차를 하고 잠시 석양을 바라보며 걷기로 했다.

이미 다 넘어가기 직전의 해가 이스트 리버에 기가 막히게 걸려있다. 이스트 리버를 가로질러 보이는 저 멀리 맨해튼을 함께 바라보며 역시 아무 말 하지 않는다.

언제 봐도 떨리는 도시, 보이기엔 화려하고 빈틈없지만 그 속내는 길 잃은 사랑이 넘치고 외로운 영혼이 가득한 도시이다. 마치 우리 사이처럼 서로의 마음이 혼란스러워 갈 길을 잃었고, 우리의 영혼은 각자의 이유로 외로울 것이다.

해가 시야에서 사라지고 있었다. 다리 위의 수많은 연인은 모두가 같은 곳을 바라보고 있다. 그들은 지는 해를 바라보다가 하나둘 키스하기 시작한다. 아마도 이놈의 다리가 또 괴상한 마법을 부린 게 분명하다. 그들을 바라보며 찡그린 웃음이 나오려는 찰나에 그의 얼굴이 불쑥 내 얼굴 앞에 나타난다.

"우리 키스할까요?"

순간 그에게 아무 말도 할 수 없었다. 그런 나에게 그가 주저 없이 키스한다. 마치 브루클린 브리지의 수많은 연인에게 '우리도 너희들만큼이나 사랑해.' 라고 말하듯이 너무나 자연스럽게 그리고 '아름답게'.

우리는 멀리 맨해튼을 바라보며 넘어서는 안 될 경계선을 넘나드는 짜릿한 키스를 나누었다. 그리고 그 날 우리는 헤어지면서 찡그린 웃음 따위는 없이, 서로를 위해 다시는 만나지 않기로 약속했다. 그 약속은 그에게는 공식적인 연인에 대한 의리를 지키기 위함이었고, 나에게는 갖지 못한 것의 애틋함을 알게 되는 의미로 남게 되었다.

내가 그곳에 가있는 것보다 멀리서 바라볼 때가 더 좋을 때가 있다.

내 사람일 때보다 멀리서 바라보고 있는 지금이 더 애틋하다.

사랑에 빠지고 싶으면 해가 질 무렵의 브루클린 브리지를 건넌다.

사랑의 마법을 부리는 로맨스를 품은 다리를.

SABARSKY

금요일 어퍼 이스트 사이드 - 요리사 & 아트디렉터

금요일 아침, 그와 만나기로 한 우리의 아침 식사 장소는 그의 집에서 가까운 어퍼 이스트의 사바스키 카페다. 아침잠이 없는 나는 아침 7시 30분에 이미 센트럴 파크 남문에서 출발해서 공원을 가로질러 동쪽 문으로 빠져나가 이 카페가 위치한 86번가 5th애비뉴에 위치한 노이에 갤러리(The Neue Galerie New York) 건물을 찾고 있다. 이곳으로 예상되는 한 건물로 들어가니 입구에 앉아있던 보안 요원이 어디를 찾아왔는지를 묻는다. 제복을 제대로 갖추어 입은 보안 요원과 굳이 보안 검색대까지 있는 건물의 위압감에 내가 잘못 찾아온 게 아닌가 혼란스러웠나.

"여기가 사바스키 카페…… 맞나요?"

보안 요원이 성의 없이 고개를 끄덕이더니 검색대를 통과하라고 했다. 그리고는 내 핸드백을 열어 소지품을 확인하고 생수병은 버리고 들어가라고 지시한다.

'25살 여자애가 설마 테러라도 할까 봐 이러나? 이 건물은 대체 뭐지?'

이 도도한 건물이 원하는 모든 검색 절차를 마치고 보안 요원이 알려준 통로로 들어갔다. 오래된 아파트 복도 같은 통로를 살짝 지나니 상당히 어두컴컴한 유럽식 카페가 나타난다.

뉴욕의 트렌디함과 특유의 활기찬 생활 속에서 중심을 잡는 듯한 이 묵직한 카페의 위엄이 마음에 든다. 마치 '너희들보다 좀 더 오래 산 내가 한 수 가르쳐주마. 그 어떤 것이든 물어보렴?' 이라고 하는 듯한 포스?

그는 예상대로 아직 도착하지 않았다. 그는 늘 약속 시간에 늦는다. 본래 느긋한 성격이기도 하지만 습관인 듯 항상 10분에서 20분 정도 늦곤 한다.

아침 8시도 안 되었는데 카페 안에 사람들이 이미 창가의 좋은 자리를 모두 꿰차고 앉아있어 한참을 입구에 서서 좋은 자리를 물색했다. 카페든 레스토랑이든 어떤 장소에 가면 그 공간 전제를 하나씩 뜯어 살펴보고는 상대와 나의 뷰가 모두 좋을 그런 자리를 찾는 것이 나의 습관이다. 식사는 음식뿐 아니라 분위기도 함께 먹어야 하니까.

결국 나는 카페의 정 중앙에 자리를 잡고 따뜻한 커피를 주문했다. 다시 찬찬히 이곳을 둘러본다. 벽에 시선을 붙잡는 그림이 걸려있다. 예술과 예술가를 사랑하는 나는 이 강렬한 초상화에 시선이 빼앗겨 버린다. 독일의 화가 크리스티안 샤드의 1928년 작품 '소냐' 다.

독일에서 태어나 뮌헨에서 공부하고 베를린에 정착해서 작품활동을 한 샤드의 그림은 제1차 세계 대전이라는 불운한 시대적 배경의 영향인지 몰라도 때로는 어둡거나 때로는 퇴폐적이기도 하다. 그는 주로 초상화를 그렸는데 그중 모델 '소냐' 의 그림이 카페 사바스키의 벽면에 걸려 있었다. 나는 초상화가 좋다. 초상화를 보면 그 당시 그림을 그리고 있을 화가와 그 앞의 모델의 모습이 움직이는 영상으로 상상된다. 그림을 그리며 저들은 무슨 대화를 나누었을까? 어떤 사연이 있었을까? 또 그들은 어떠한 관계였을까? 등을 상상하며 한참을 그림 속 세상에서 소설을 쓴다. 그렇게 머릿속으로 소설을 쓰고 있을 때 그의 목소리가 들렸다.

"늦어서 미안. 어제 술을 너무 마셨나 봐. 알람 소리를 못 들었네."

그는 서른 살의 아트디렉터다. 영국 센트럴 세인트 마틴 칼리지에서 공부하고 뉴욕으로 건너와 패션 브랜드 마케팅과 컨설팅을 하고 있다. 180cm의 적당한 키에 호리호리한 체격과 하얀 피부 그리고 무엇보다 그가 시원한 웃음을 보일 때마다 하얗게 드러나는 치아가 너무나 매력적인 남자였다. 현재 원래부터 뉴욕 사람인 듯 뉴요커처럼 호화로운 어퍼 이스트의 아파트에 살고 있지만, 그가 작정하고 멋 좀 부리는 날이면 그의 모습은 영락없는 영국 패션지에서나 볼 수 있는 영국인의 모습이다.

오늘은 급히 나오느라 채 마르지도 않은 검은 머리를 쓸어 올리며 호리호리한 몸에 완벽하게 피팅 되는 탐 포드의 슈트를 입고 하얀색 스니커즈를 신고 있다. 그 멋스러운 아트디렉터가 내게 묻는다.

"뭐 하고 있었어?"

"커피 마시면서 그림 보고 있었어. 그런데 이 건물 뭐야? 보안 검색대에서 내 핸드백까지 뒤졌어!"

"하하, 여기 위층에 노이에 갤러리라고 세계에서 제일 비싼 그림을 전시하면서 유명해진 갤러리야. 구스타프 클림트 작품 중에 '아델레 블로흐 바우어의 초상' 이라는 작품 있지? 왜 화려하게 입은 여자의 전신 그림 말이야."

아트디렉터답게 그는 예술, 문화, 음악은 물론 심지어 음식에도 조예가 깊다.

작년 겨울 그를 만난 이후 매일 예술적인 지식을 나누는 덕분에 나도 어느새 그림에 관심을 갖고 또 좋아하게 되었다. 그림 자체보다는 그 작품이 갖는 스토리에 마음이 끌리는데 너무나 아름답거나 절절하거나 때로는 아프기도 하다. 역사가 되어버린 과거에 품었을 감정을 지금도 매일 수많은 사람들이 함께 교감할 수 있다는 것은 예술만이 가질 수 있는 특권인 것 같다.

웨이터가 주문을 받으러 왔다. 그가 에스프레소 더블과 함께 빵 바스켓을 주문했다. 나는 내일 있을 패션쇼 때문에 다른 음식은 더 이상 시키지 않았다.

나는 한국의 모델 에이전시에 있다가 TV 속에서만 보던 뉴욕의 런웨이에서 한 번이라도 걸어봤으면 하는 단순한 소망을 품고 무작정 뉴욕의 에이전시에 프로필을 보냈다. 그리고 정확히 1년 전에 이 낯선 땅으로 건너왔다. 어린 여자아이가 처음 만난 뉴욕은 사실 서울에서 느낀 도시의 느낌과 별반 다르지 않았다. 똑같이 정신없고 치열하며 사람들은 항상 바쁘다. 맨해튼 거리를 걷는 뉴욕 사람들의 걸음이 너무도 세차서 24살의 깡마른 여자아이는 1년 동안 매일 그 세찬 어깨에 치이며 새로운 삶에 적응해왔다. 1년이 지난 지금은 맨해튼 거리에서 내 걸음이 가장 빠르다고 장담한다.

주문한 빵과 버터 그리고 2가지 맛의 잼이 나왔다. 나는 차가운 버터를 빵 위에 얹어 먹는 것을 좋아한다. 뜨겁지도 차갑지도 않은 상온의 곡물 빵에 냉장고에서 갓 꺼낸 차가운 버터를 얹는다. 어차피 차가워서 발리지도 않지만 이렇게 버터를 얹은 채 빵을 씹으면 빵의 바삭함 위에 부드러운 버터가 함께 잘리며 입천장에 진한 우유 냄새가 가득 퍼진다.

약간의 찬 공기로 인해 내 몸이 리프레시를 원하는 지금, 이 분위기 있는 카페에서 뜨거운 커피와 함께 차가운 버터를 씹는 아침 식사에 마음이 풍요로워진다. 나는 아침 식사를 하며 하루의 행복을 찾는다. 아침이 행복하면 그날 하루의 예상되는 고달픔도 진작에 위로가 되기 때문이다. 그리고 오늘 아침도 나에게 예술적인 영감을 주는 그와 함께이기 때문에 이곳은 카페가 아니라 미술관이 되고 박물관이 된다.

오늘 아침 나는 그와 함께 뉴욕에서 가장 맛있는 미술관에 와있다.

뉴욕에서 가장 풍요로운 24살

우리는 8개월 전 한 패션 브랜드 론칭쇼에서 만났는데, 나는 브랜드 론칭 패션쇼의 모델로 그는 그 브랜드 론칭의 아트디렉터였다. 수많은 모델 사이에서 같은 한국인인 나에게 자연스럽게 말을 걸어왔고 자신의 여자친구도 뉴욕에서 활동하고 있는 모델이라고 했다. 처음부터 자신의 여자친구가 있음을 당당하게 말하는 그에게 괜히 작업이나 한번 걸어보려는 사람 같지 않아서 왠지 신뢰가 갔다.

그는 파티가 끝나갈 때 즈음 자신의 명함을 주며 언젠가 아침 식사나 한번 하자고 제의했다. '가볍게 차를 한잔 하자' 가 아니라 아침 식사라니. 또한 뉴욕에 온 지 얼마 안 되어 버둥대는 나에게 뉴욕을 제대로 견뎌낼 수 있도록 가이드를 해주겠다고 했다.

열흘 즈음 지났을까? 우리는 어퍼 웨스트 사이드의 한 카페에서 아침 9시에 만나기로 약속했다. 그의 집이 어퍼 이스트, 나의 집이 뉴저지의 위호켄이었기 때문에 내가 가는 길이 험난하긴 했지만 오늘 점심에 있는 오디션을 위해서는 어차피 맨해튼 중심가로 나가야만 했다.

위호켄의 링컨 하버 선착장에서 페리를 타고 미드타운 선착장에 내린 다음 셔틀을 타고 미드타운 중심가에서 메트로를 타고 다시 어퍼 웨스트로 이동해야 하는 굉장히 번거로운 코스였다.

장소는 그가 정했는데 이유는 단순히 우리 둘의 중간 지역이며 매우 일찍 문을 여는 가게이고, 커피 맛이 좋으면서 다양한 아침 식사도 준비된 카페라는 것이었다. 수긍할 수밖에 없는 논리적인 이유와 함께 '다양한 메뉴' 라는 달콤한 말에 흔쾌히 동의하고는 이 고생을 하며 그 카페에 찾아갔다.

9시 15분이 되어간다. 야외에 오래 앉아있기에는 추운 날씨였지만 왠지 시원한 아침 공기를 즐기고 싶어서 담요를 달라고 해서 굳이 테라스에 앉았다. 이미 나는 따뜻한 커피를 한 잔 시켜서 마시고 있었는데 아침부터 먼 거리 이동에 목이 마른 건지 배가 고픈 건지 벌써 한 잔을 다 마셔간다.

나는 뉴욕에 와서 아침마다 거의 매일 크루아상 1개와 커피를 마시는 것으로 하루를 시작했다.

모델이라는 나의 직업상 많은 양의 음식을 먹기에는 부담스럽고

LEASE KEEP OFF
LOATING DOCK
HEN FERRY BOAT
NOT PRESENT

소량이지만 아주 맛있는 한 끼 식사를 하는 것이 가장 무난한 선택이다.

웨이터가 메뉴판을 주고 간다. 다양한 브렉퍼스트 메뉴와 런치 세트 등 메뉴판이 제법 두꺼운 것이 읽기만 해도 벌써 배가 불러오는 듯이 부담스럽다.

'그런데 이 남자, 첫 번째 약속에 이렇게 늦다니, 내가 한가해 보이나? 안 나오는 거 아니야?'

이런 생각 반, 배고픔 반의 이유로 내가 먹을 메뉴를 먼저 주문해버렸다. 크루아상 한 개와 머핀 한 개. 오늘 낮에 있을 오디션 때문에 요 며칠 저녁을 굶는 것은 당연하고 아침과 점심도 극소량으로 식단을 조절한 탓에 예민해지면서 불면증이 생겼다.

'오늘이 오디션이니까, 아침을 든든히 먹고 시작하자. 열량이 필요해!'

아침 공기가 시원하다. 크루아상을 한입 베어 무니 이런 행복이 또 없다.

'아……. 그리웠던 버터 향.'

어느새 9시 20분, 그에게서 5분만 더 기다려 달라고 메시지가 왔다.

'웃기는 사람이네. 9시 30분에 만나자고 하지 왜.'

핸드백에서 책을 꺼내어 이 아름다운 아침 식사와 함께 책을 읽는다. 소설책을 읽고 있었는데 갑자기 나에게 그가 처음으로 말을 걸었을 때의 모습이 떠오른다. 손에 책을 든 채로 생각하는 나의 시선은

초점이 사라진다.

화려한 파티장, 이 파티를 만든 멋진 남자의 모습, 내게 걸어오는 그, 말을 걸고 세련된 말투로 유식한 대화를 뿜어내는 그가 기억난다. 책을 테이블에 내려놓고 그에 대해 더 깊게 생각해본다.

'이제 서른인데 그 사람은 어쩜 그렇게 모든 것을 다 갖추었지? 원래 집안이 엄청난 부자이거나 본인이 대단한 능력자이거나. 오늘 이야기를 좀 들어봐야겠어.'

상상 속에 한참 빠져있을 때 잘빠진 포르셰 스포츠카 한 대가 도로 옆에 선다. 굳이 얼굴을 보지 않아도 그의 차라고 쓰여 있는 듯한 멋스러운 자태다.

'원래 집안이 엄청 부자인 걸로 하자.'

긴 다리가 드러나는 핏 감이 좋은 갈색 팬츠에 스니커즈를 신고, 체크무늬 셔츠와 스웨이드 재킷을 입었다. 클래식한 갈색 뿔테 안경에 빈티지한 녹색 모자를 쓰고 그가 다가온다.

'내가 모델인데 자기가 모델처럼 하고 다니네.'

그의 완벽한 패션 감각에 한껏 작아진 내가 순간적으로 나의 차림을 다시 한 번 살펴본다. 검은색 스키니 팬츠에 금색 플랫슈즈 그리고 하늘거리는 화이트 블라우스를 입고 검은색 가죽 재킷을 입었다. 어깨에는 오디션복이 들어있는 커다란 숄더백을 메고 있는 영락없이 모델 같은 차림의 24살 여자아이이다. 평범하지만 내 나이와 몸매에 맞는 적절한 패션 감각이라고 생각된다. 그런데 왠지 패션위크 때나 볼 수 있는 셀러브리티 같은 그의 모습이 참으로 멋스러워 왠지 자극이 된다.

"늦어서 미안해요. 이 모자를 찾다가 그만……. 먼저 시작했군요. 잘했어요."

그가 아메리칸 브렉퍼스트를 주문했다. 우리는 본격적으로 서로에 대해 이야기하기 시작했다. 그는 영국에서 뉴욕에 건너온 지 이제 2년 정도 되었고 대학 시절 영국에서 만난 여자와 결혼했다가 1년 만에 이혼을 했다고 했다. 이 남자 생각보다 정말 솔직한 것이 마음에 든다. 거침없이 자신의 이야기를 처음 본 내게 솔직히 털어놓는 그에게 괜히 마음이 갔다.

나는 그의 접시에 놓여있는 이미 식어버린 토스트 위에 사각 버터를 통째로 떠서 얹어주었다. 그가 놀라는 표정을 짓는다. 나는 태연하게 말했다.

"버터를 바르지 말고 얹어서 한꺼번에 먹어봐요. 훨씬 맛있어요."

뜬금없는 나의 행동에 껄껄 웃더니 내 말대로 토스트를 한입 크게 베어 물고는 나의 제안에 동의한다는 듯이 고개를 끄덕거린다. 솔직한 그에게 물었다.

"그 모델 여자친구는 잘 있어요?"

"아……. 헤어졌어요. 일주일 전에."

내가 괜히 떠보는 말을 던진다.

KOBRICK
NYC
COFFEE CO
Grassland

“그럼 얼마 안 됐으니까 다시 만날 수도 있겠네요. 다시 노력해보세요.”

“만나면서 정말 많이 싸웠거든요. 이게 마지막인 것 같아요. 더 이상은 불필요해요.”

‘하긴 여자친구 있는 사람이 파티장에서 처음 본 여자에게 아침 식사나 하자고 하는 것이 그다지 정상적이지는 않지. 사이가 안 좋았구나.’

어찌 되었든 윤리적으로 거스르는 것이 없으니 마음이 자유로워진다. 그는 대화할수록 매력적인 사람이었다. 어릴 때부터 책도 많이 읽었고 예술적으로 감각이 있는 사람이라 대화의 주제가 끊임이 없고 능글맞은 남자들처럼 뻔한 농담 따위는 하지 않는다. 그럼에도 불구하고 익살스럽게 장난기 넘치는 그의 말투에 빠져들어 간다.

그의 일은 브랜드를 만들고 또 브랜드를 변화시키는 일이다. 때문에 그의 지식과 감각은 굉장히 포괄적이어야 하고 현실과 이상의 균형이 좋아야 한다. 그리고 무엇보다 그는 글쟁이다. 그가 생각한 브랜드의 가치와 방향성, 근거와 명분, 추상적인 예술성에 대해 설명하기 위해 그는 말을 아주 그럴싸하게 잘 만들어 팔아야 한다. 그의 혀에 수많은 브랜드가 태어나거나 성장하기도 하고 말을 바꿔야 하는 상황이 올 때마다 그는 논리적인 거짓말로 그 모든 것을 무마시켜야 한다고 했다.

한 생명이 그의 영감으로 탄생해서 논리로 성장하고 정당한 명분으로 최대한 쪽팔리지 않게 멋지게 사라지게 해야만 하는 책임을 지닌 사람인 것이다.

그 사람은 나에게 자신이 해석한 본인다운 뉴욕을 보여주었다. 그 사람의 가치관과 그 사람의 생활이 곧 나에게 뉴욕이 되었다. 나는 그렇게 그의 완벽한 시나리오에 의해 그의 뉴욕에 반했고, 그의 영감이 나의 영감이 되었으며 그가 나누어 주는 수많은 예술적 지식에 풍요로워지기 시작했다.

음식을 많이 먹어야 배부른 것이 아니다. 나는 그가 가진 훌륭한 스펙과 스포츠카도 없었고 사회적인 명성도 없지만, 세상 모든 걸 다 가진 듯한 그가 옆에서 내 삶을 컨트롤하는 것만으로도 배가 불렀다.

나는 그를 만날 때마다 뉴욕에서 가장 풍요로운 24살이 되었다.

남의 인생에 배부른, 현실과 이상을 구분하기에는 너무나 어린 24살.

평양도 안 가본 것들이

어느 날 점심을 먹기 위해 우리는 한인타운의 한 냉면집을 찾아갔다. 불고기와 평양냉면을 파는 곳이었는데 메뉴판을 펼치면서 그가 나에게 물었다.

"평양냉면 맛 알아?"

"뭐. 조금?"

우리는 냉면을 두 개 시키고 사이드 메뉴로 만두를 시켰다. 그리고 소주까지.

그가 평양냉면에 대해 장황하게 설명하기 시작한다. 평양냉면과 함흥냉면의 차이, 육수를 내는 방법과 면발의 차이, 곁들이는 무생채나 백김치에 대한 설명까지. 그의 긴 설명을 듣다가 내가 장난스럽게 웃으며 그에게 말했다.

“평양도 안 가본 것들이 말이 많구먼.”

“뭐? 넌 평양 가본 적 있어?”

나는 22살 때 한국에서 가장 유명한 한복 디자이너 선생님을 따라 ‘평화통일 사절단’이라는 이름으로 평양의 패션쇼에 참가했다. 전 세계에서 평양에 못 가는 국민은 대한민국 국민뿐이라는 가슴 아픈 사실도 처음 알았다. 아름다운 한복을 입고 북한의 남자 모델들과 함께 성공적인 패션쇼를 마친 모델과 스탭들은 평양 옥류관으로 이동했다. 말로만 듣던 옥류관 앞에 서서 모델들은 삼삼오오 모여 사진을 찍었다. 신기하고도 참 대단한 경험이다. 북한이라니, 평양이라니, 옥류관이라니…….

으리으리한 호텔 연회장처럼 넓은 옥류관에서 나는 한국에서 먹었던 평양냉면과는 너무나 다른 옥류관의 냉면 맛에 적잖이 당황했다. 생각보다 훨씬 더 밋밋한 맛이라고 해야 하나? 육수 색깔도 면의 색깔도 다르다. 평양냉면의 그 깊은 육수 맛을 느끼기에는 너무나 어린 22살에게 그 맛을 다 기억해내거나 표현하는 것에는 무리가 있지만 결론은 한국에서 먹었던 냉면과는 분명히 다르다. 그래서 나는 지금도 평양냉면을 가지고 이러쿵저러쿵 평가하고 잘난 척하는 사람들을 보면 그들의 평가가 끝난 후 조용히 말해준다.

'평양도 안 가본 것들이.'

완벽한 관계

나는 뉴욕에 와서 살 거처를 뉴저지의 한 아파트로 결정했는데 맨해튼의 어마어마한 물가에 놀라 허드슨 강 건너의 비교적 깨끗한 아파트를 선택한 것이었다. 물론 시설 좋은 이 아파트 세를 혼자서 감당할 수 없었기 때문에 함께 모델 생활을 하는 중국인 친구와 룸메이트 생활을 했다.

이 아파트에는 편의점과 수영장까지 딸려있었기 때문에 일반적인 유학생들이 사는 기숙사보다는 비쌌지만 룸메이트와 나는 아르바이트로 생활하는 학생들보다는 수입이 좋으니 더 열심히 뛰어서 좋은 곳에 살자고 의기투합했다.

날씨 좋은 6월의 어느 날, 그를 아파트의 수영장으로 초대했다. 수영장 한편에 마련된 바비큐장의 주방은 아파트에 미리 예약을 해서 사용할 수 있었기 때문에 우리는 미리 음식을 준비해서 바비큐장에서 조리해 먹기로 했다.

해가 길어져 우리는 4시에 수영장에서 만나 태닝과 수영을 하고 놀다가 6시 즈음 본격적으로 조리하기 시작했다. 그를 위해 준비한 요리는 고수 소스의 달콤한 로스트 치킨이다.

먼저 닭 한 마리를 통째로 사서 먹기 좋은 크기로 잘라 손질해두었다. 닭 냄새를 잡기 위해 약간의 술에 마늘, 생강즙, 소금, 설탕을 넣고 잠시 재워뒀다. 시중에 판매하는 치킨 스톡으로 육수를 만들어 간장을 기본으로 설탕, 마늘, 맛술, 다진 고수 잎, 통후추, 후춧가루, 깨소금, 약간의 꿀을 넣어 양념장을 만든 후, 재워둔 닭과 섞어 오븐에 넣고 중불로 구워냈다. 다 익은 치킨에 고수 잎을 듬성듬성 찢어 올리고 레몬을 슬라이스해서 올리니 훌륭한 와인 안주가 되었다.

그가 가져온 와인과 함께 우리 커플만큼이나 멋진 풀사이드 디너 만찬이 완성되었다. 내가 좋아하는 뉴질랜드산 화이트 와인과 맛있게 조리된 닭 요리. 무엇보다도 한없이 잘 어울리는 그와 내가 허드슨 강 너머 맨해튼을 바라보며 남들이 부러워할 만한 데이트를 시작했다.

쇼 무대에 서기 전까지 나는 매일 치열하게 수많은 모델과 경쟁해야 하는 오디션과 식사 조절, 지긋지긋한 운동으로 모두가 원하는 내 모습을 만들어낸다. 이로 인한 보이지 않는 괴로움과 욕구불만은 무대에서는 순간 눈 녹듯이 사라지는데 나를 향해 쏘아지는 하이라이트 조명을 받는 순간 나는 극도로 흥분하게 된다. 세상이 내 것이 된다. 모두가 나를 바라보고 조명에 눈이 따가운 그 느낌이 좋다. 강한 조명 덕에 사실 무대 위의 나는 관중도 카메라도 잘 보이지 않는다. 그저 눈앞의 런웨이를 최대한 멋지게 걷되 카메라 가까이 가서 포즈를 취할 때는 정신을 바짝 차리고 카메라의 빨간 불빛을 정확히 쏘아본다.

나는 무대 위에서 그저 걷는 것이 아니라 그 무대 위에 서기 전까지의 준비과정을 지나 무대 위에서 잘 해내야 한다는 압박감과 싸우고, 카메라와의 눈 맞춤, 앞뒤 모델들과의 템포 조절, 무엇보다도 하이라이트 조명이 주는 흥분을 그 짧은 시간 동안 모두 컨트롤해야만 한다.

그래도 좋다. 그래서 좋다. 무대에 선다는 것, 주인공이 된다는 것, 사람들이 나를 보며 환호하고 그 순간 세상에서 가장 아름다운 내 모습이.

그런 나를 돋보이게 해주는 내 옆의 이 멋진 남자가 나를 더 괜찮은 사람처럼 느끼게 해준다. 그가 하얀 이를 드러내며 시원한 웃음을 지을 때마다 내 인생이 환해지는 기분이다. 무대에 서서 첫 번째 하이라이트 조명을 직시하는 느낌만큼이나 흥분되는 우리의 관계가 좋다.

이 화려한 무대 위에서도 영원히 떠나고 싶지 않고, 당신도 지금 이대로 늘 내 옆에 머물렀으면 좋겠다. 오늘따라 완성된 치킨 요리의 자태까지 완벽하다.

우리는 모든 것이 너무나 완벽하다. 완벽해 보인다.

'진실' 이라는 소설

진실을 모른 척할 때가 있다.

어르신들의 과한 잔소리나 내 과거의 실수, 내가 사랑하는 사람의 단점 같은 것.

우연히 그의 SNS에서 보지 않았으면 좋을 사진을 보았다. 귀여운 쌍둥이 아이들과 찍은 사진인데 조카이겠거니 하면서도 표정이 굳어진다. 아직 어리지만 그와 너무 똑같이 생긴 일란성 쌍둥이 꼬마들은 그와 그의 어머니로 보이는 분과 함께 사진 속에서 너무나 환하게 웃고 있었다.

그의 아이들이었다.

그와 처음 만난 카페에서 나는 그의 이혼 이야기를 듣고 그에게 물어봤던 적이 있었다.

"엑스 와이프 사이에 아이는 없었어요?"

그는 너무나 단호하게 말했다.

"네. 애는 없어요."라고.

'제발 아니라고 말해줘. 거짓말한 게 아니라고.'

사실을 알고 난 이후에도 나는 그와 여느 때처럼 아무렇지 않은 척 데이트를 했고 서로의 눈을 바라보며 웃었다. 이 멋진 사람, 내게 거짓말을 하면서도 너무나 뻔뻔하다.

나에겐 그가 애가 있는 것이 문제가 아니었다. 나를 속였다는 것이 문제인 것이다.

연인 사이에 거짓말도 아무렇지 않게 하는데 심지어 그 거짓말의 대상이 자신의 핏줄이라니.

자신의 자식도 부정하는 사람에게 대체 무슨 진실이 있단 말인가?

어쩌면 당신이 내게 보이고 있는 모습과 그간의 모든 말이 거짓인지도 모른다. 실망스럽고 괴롭지만 나에게 환하게 웃으며 너무도 멋진 말만 늘어놓는 당신에게 나는 그 한마디를 못하고 모른 척한다. '대체 당신의 진짜 모습이 뭐야?'

그 화려함과 멋진 당신의 인생 뒤에 숨겨진 진실들이 궁금하다.

내가 열심히 분석한 그에 관한 데이터를 조합하여 머릿속으로 진실의 소설을 써본다.

'너무 어린 나이에 판단 부족으로 결혼한 어린 20대의 부부는 성격 차이로 이혼을 결심했으나 아이가 생겨서 낳을 수밖에 없었고, 그러나 결혼생활을 유지하고 싶지는 않으니 남편은 양육권을 아내에게 넘긴 것이다. 본인은 지금 완벽한 싱글남인 척 자식의 존재도 부정한 채 한없이 멋진 모습으로 싱글녀들과 마음껏 즐기며 살고 있다. 그 거짓말을 하기 위해 그도 잠시 자신을 모른 척한다. 이 순간만 모른 척하면 군더더기 많은 자신의 삶에 대해 더 이상 설명할 필요도 없고, 세상에 넘치는 아름다운 여자들과 사귀려면 애 둘 딸린 이혼남보다는 그냥 어릴 때 실수로 한번 갔다 온 남자가 나을 테니까. 그의 남은 70년의 생, 쉽게 시작한 거짓말이 쌓여 그는 죽을 때 자신의 이름마저 잊어버릴지도 모른다. 하물며 옆에서 자신을 병간호하고 있는 와이프 이름을 기억할 리가 있겠나. 내가 그 와이프가 되고 싶지는 않다. 절대로 싫다.'

나의 소설 속 그와 함께 한 '우리' 의 삶은 완벽한 새드 엔딩이다.

그가 불쌍하다. 측은하다. 더 이상 내가 그와 만나야 할 이유가 없다. 나는 너무나 젊고 아름답고 적어도 내 삶에 솔직하다. 이렇게 된 이상 그와 함께한다는 것은 내 꽃 피는 청춘과 삶에 대한 모욕이다. 내가 헤어지자고 말하면 불쌍한 그는 아마도 이렇게 생각할 것이다.

'역시 애가 있다는 건 말하면 안 돼.'

문제는, 애가 있다는 사실이 아니라 거짓말하는 당신이라고, 이 철없는 사람아.

뉴욕의 속내, 무섭고 비정하다. 사람들이 자신의 거짓 속에서 아파하고 있다.

이 화려한 도시에 '진짜' 들은 대체 어디에 있는 거지?

'영원' 히 안녕

내 생일인 10월 21일, 오늘은 에이전시에서 종일 오디션이 있는 날이다.

이번 컬렉션은 꽤 규모가 커서 이날의 오디션을 잘 보면 다음 시즌에 여러 개의 쇼를 따낼 수 있기 때문에 에이전시에 소속된 모델들에게는 이날이 하반기 시즌 중에 가장 중요한 날이었다.

에이전시의 수십 명 모델들이 연이은 오디션에 응하기 위해 아침 10시부터 대기 중이다.

어느덧 시간은 2시가 되었다. 그에게 메시지가 왔다.

'힘들지? 밥은 먹었니?'

'아니, 오디션 때문에 신경 쓰여서 별생각이 없어.'

한참 동안 답이 없더니 30분 후에 그에게 다시 메시지가 왔다.

'지금 엘리베이터 앞으로 와.'

우리 회사는 건물의 3층이었는데, 다른 회사와 동선이 분리되어 있어서 전용 엘리베이터가 있었다. 그의 메시지대로 엘리베이터 앞에 섰다. 엘리베이터의 숫자가 바뀌고 있다. 1층에서 2층을 건너뛰고 3층에서 문이 열린다. 사실 그가 회사에 찾아온 줄 알고 그의 얼굴을 기대했는데, 엘리베이터 안에는 수십 개의 테이크아웃 커피와 도넛 박스가 잔뜩 쌓여있었다. 도넛보다 달콤한 카드 한 장과 함께.

'단것 먹고 기분 좋아지라고. 저녁때 맛있는 거 사줄게. 생일 축하해!'

단언컨대 나는 뉴욕에서 아니 세상에서 가장 행복한 여자라고 자부한다. 갑자기 목을 매온 오디션이 별것 아니게 느껴진다.

'이 오디션이 대체 뭐라고 내가 나 자신을 달달 볶지?'

사람들에게 커피와 도넛을 나누어 주고 생일 축하와 함께 그들의 부러움을 한 몸에 받는다.

나는 사랑받고 있는 사람이다. 그는 이런 로맨틱한 말과 행동으로 매 순간 내가 세상에서 가장 중요한 사람임을 느끼게 해준다.

오디션을 마친 나는 집으로 가서 예쁜 이브닝드레스로 갈아입고 화장을 고친 후 그가 미리 예약해 놓은 레스토랑으로 갔다. 좋은 질감의 톡톡한 셔츠 위에 예쁜 줄무늬 니트를 입고 클래식한 사각형의 뿔테 안경을 쓴 그가 멋지게 앉아 나를 기다리고 있었다. 내가 다가가자 그가 일어나서 내 의자를 빼주고 자신의 자리에 앉는다. 이 완벽한 매너남은 물론이고 둘이 앉아만 있어도 아름다운 우리 커플이 부러운 듯, 다른 테이블 여자들의 흘깃거리는 시선이 느껴진다. 그들의 시선과 부러움을 마음껏 누리며 우리는 잘 익은 미국 와인과 함께 스테이크를 먹는다.

우리는 정말 잘 어울리는 커플이다. 서로의 대화가 지루하거나 길게 느껴진 적이 한 번도 없다. 서로가 무언가에 관해 이야기를 시작하면 최선을 다해 경청하고 자신이 할 수 있는 한 가장 좋은 대답을 하려고 애쓴다. 참 바람직한 태도다.

연인의 사이가 깊어지면 어느 순간부터인가 긴장이 느슨해지고 서로의 말에 귀를 기울이던 노력도 줄어든다. 그러다가 결혼 후에는 아예 대화조차 하지 않는 수많은 부부를 우리는 충분히 봐왔지 않은가.

와인을 마시며 서로의 이야기를 경청하던 그의 표정이 사뭇 진지해진다. 내 이야기가 끝나자마자 기다렸다는 듯이 그가 작은 상자를 꺼내어 내민다. 너무나 갑작스러우면서도 자연스럽게.

"생일 축하해."

아무튼 이 남자는 예측이 안 되는 로맨티스트다. 항상 나에게 잘 보이려고 하는 그의 노력을 안다. 그래서 그의 거짓이 더욱 마음이 아프다.

조그만 상자를 여니 너무나 세련된 세팅의 다이아몬드 반지가 조명에 반사되어 순간 내 눈동자가 흔들린다.

'생일 선물치고는 과한데?'

라고 생각할 때 즈음 그가 연이어 말한다.

"우리 결혼하자."

올 것이 왔다. 그의 비밀에 대한 나의 모른 척은 이제 끝이 났다.

'그는 이 중요한 고백을 할 때까지도 나에게 진실을 털어놓지 않는구나.'

내 생각을 알 리 없는 그가 들뜬 목소리로 나에게 계속해서 아름다운 고백을 한다.

"우리 영원히 이렇게 예쁘게 살자. 너와 나 너무 완벽하잖아."

"세상에 영원한 게 어디 있어?"

순간 세상의 시간이 멈춘 듯한 표정으로 나를 바라보는 그의 손을 꼭 잡으며 말했다.

"나 다 알고 있어. 당신이 숨기고 있는 것. 이렇게까지 나를 사랑했으면 말했어야지. 내가 얼마나 당신을 사랑하는데, 당신이 애가 있다고 한들 내가 그것 때문에 당신을 떠날 거라고 생각했던 거야?"

그의 얼굴이 하얗게 질렸다.

"말하려고 했어."

"너무 늦었어."

"네가 떠날까 봐 두려웠어."

"나는 당신을 사랑하지만 거짓말하는 사람을 더 이상 사랑할 수는 없어. 이 거짓말은 도가 지나쳤어."

나의 말을 마지막으로 우리는 한참 동안 서로 말없이 두 손을 꼭 잡고 눈물을 흘렸다. 미안하다는 말도, 왜 그랬냐는 더 이상의 질책도 없이.

그의 거짓은 받아들일 수 없었지만 사랑하는 마음을 부정할 수는 없었기에 완벽한 그를 떠나 보내며 그 완벽한 자리에서 한없이 눈물을 흘렸다. 부러운 시선으로 우리를 바라보던 이들은 더 이상 우릴 쳐다보지 않았다.

나는 겉으로 보이는 화려함을 믿지 않는다.

그 뒤에 숨겨진 수많은 아픔과 고통과 '모른 척' 해야 하는 누군가의 희생을 알기 때문에.

영원한 화려함은 없다.

영원한 사랑도

영원 자체도.

그래서 나는 지금도 절대로, '영원히' 라는 단어를 쓰지 않는다.

KOBRICK
EST. NYC 1920
COFFEE CO.

토요일 센트럴 파크 – 요리사 & 배우

아침 8시 사우스 센트럴 파크. 우리의 토요일은 늘 이곳에서 시작한다.

월요일부터 금요일까지 줄기차게 거의 매일 만나지만 토요일에도 역시 눈만 뜨면 우리는 서로에게 달려간다. 두 사람 중 그 누구도 '이번 주말 시간 어때?' 같은 질문은 하지 않는다.

그와 나, 우리는 하나의 스케줄로 사는 사람들이다.

6월의 무더운 날씨지만 아침에는 선선함이 남아있어 공원은 그 어느 곳보다도 훌륭한 우리의 데이트 장소이다. 오늘따라 너무나 배가 고파서 이스트 33번가 머레이 힐에서 사우스 센트럴 파크로 걸어오는 25분이

벅찼다.

7시면 문을 여는 센트럴 파크 앞 베이커리 카페에서 정직하게 구워낸 기가 막히게 부드러운 스콘과 오가닉 쿠키, 따뜻한 카푸치노를 사들고 그들이 주는 무수한 행복감을 누린다. 남들보다 아침을 조금 더 일찍 시작하는 부지런함. 그를 만나러 가는 매주 토요일 아침마다 가슴이 뛴다.

그는 토요일 같은 남자다.

대본 읽어주는 아이

그는 25살의 연극배우다. 유명한 뮤지컬 배우나 영화배우는 아니지만 그의 묵직한 노력이 언젠가 빛을 발하리라 생각하고 나는 항상 그를 지지한다.

그보다 2살 연상인 나는 웨스트 53번가에 위치한 한 대기업의 마케터로 일하는데, 그에 비해 비교적 안정적이고 규칙적인 생활을 하고 있지만 자유로운 그의 스케줄에 따라 소위 말하는 땡땡이도 칠 줄 아는 아직은 철이 조금 덜 든 회사원이다.

생활이 넉넉지 않은 그를 배려해서 우리는 센트럴 파크, 미술관, 박물관, 공공도서관을 돌아가며 데이트했다. 오늘도 역시 우리의 데이트 장소는 센트럴 파크다. 저 멀리에서도 그임을 확신할 수 있는 한 남자의 모습이 보인다. 하얀 피부가 더욱 빛나는 화이트 셔츠와 청바지를 입고 내가 사준 스니커즈를 신고 있다. 호리호리해서 말라 보이기도 하지만 어릴 때부터 태권도로 다져진 다부진 몸과 적당히 각이 진 어깨는 작은 얼굴을 더욱 돋보이게 해준다.

센트럴 파크 남문에서 만난 우리는 아직도 온기가 있는 따끈한 아침식사와 커피를 사 들고 공원 어딘가 편평한 잔디밭에 자리를 잡고 앉아 아침 수다를 떤다. 매일 만나는 우리의 대화는 기껏해야 가장 가까운 어젯밤의 이슈다. 시시콜콜 사소한 이야기도 모두 나누는 우리는 더 이상 이야기할 거리가 떨어지면 공원 북쪽으로 무작정 걷기 시작한다. 분명히 공원의 북쪽으로 걷자고 했는데 걷는 그 사이 또 다른 이야기에 정신이 팔려 수다를 떨다 보면 가끔 길을 잃기도 한다.

휴대폰으로 구글 지도를 열어 현재 우리의 위치가 어디인지를 확인해야 할 때도 있고, 어퍼 이스트 사이드로 잘못 빠져나가거나 같은 자리를 여러 번 돌 때도 있었다.

겨우겨우 길을 찾아 재클린 케네디 오나시스 저수지에 도착하면 우리는 저수지 주위를 뱅뱅 돈다. 돌다가 힘이 들면 또다시 잔디밭을 찾아 이번에는 둘이 같은 하늘을 바라보며 드러눕는다. 누워서도 수다는 계속된다. 작은 일에도 걱정이 많은 내가 그에게 진담 반 농담 반으로 질문했다.

"우리 이렇게 맨날 맨땅에 누워있다가 유행성 출혈열이라도 걸리면

어쩌지? 여긴 쥐 천국이잖아. 나 병 걸리면 병문안 올 거야?"

장난기 가득한 그가 내 허리를 감싸 안아 자기 무릎 위로 나를 들어 올린다.

"그럼 이제부터는 내 배 위에 누워있어."라고 하며.

우리는 살아있는 모든 것에 의미를 붙이고 깔깔거리며 2시간이고 3시간이고 그렇게 데이트를 했다. 이어폰을 한쪽씩 나누어 끼고 같은 음악을 듣고 있다가 그가 갑자기 바지 뒷주머니에 꽂고 있던 쪽 대본 하나를 꺼낸다.

"어! 그게 뭐야?"

"내가 만들고 있는 연극 대본인데, 씬 하나가 잘 안 써져서 연출 감독님께 좀 봐달라고 했더니 고쳐주셨거든? 그런데 내가 쓴 게 아니라서 그런지 어색해. 한번 들어볼래?"

그가 목소리를 가다듬고 발성 연습을 하기 시작한다. 나는 그런 그의 천진난만한 모습이 너무나 사랑스럽다.

"실전이라고 생각하고 제대로 하도록 해! 내가 관객의 입장에서 신랄하게 평가하겠어."

앉아 있던 그가 대본을 들고 주춤거리다가 바닥에 그냥 내려놓더니 일어나서 연기하기 시작한다. 이제야 입에 붙는 대사를 찾았나 보다. 턱을 괴고 그를 바라보는 내 앞에서 그 하얀 얼굴로, 항상 마르지 않는 촉촉한 입술로 내게 말하듯 나를 바라보며 연기한다.

어제는 책을 읽어주던 그 아이가 오늘은 나에게 대본을 읽어준다.

바나나 구이

나의 사랑스러운 그 아이는 입이 짧지만 맛있는 음식을 찾아다니는 것을 좋아했다. 덕분에 우리는 만나서 오늘 점심은 뭐 먹을까, 저녁은 무엇을 먹을까, 심지어 식사 중간마다 간식은 무엇을 먹을지까지 고민하기도 한다. 우리가 자주 사 먹는 식사와 간식거리는 맨해튼의 누구나 그렇듯이 플라자 호텔 푸드코트의 랍스터 롤이나 매디슨 스퀘어 파크의 쉐이크쉑 햄버거, 또는 푸드트럭에서 판매하는 할랄푸드다. 그는 어린애처럼 매일 햄버거 타령을 하다가는 갑자기 근사한 레스토랑에 가서 스테이크를 먹고 싶다고도 하고 때로는 내가 해주는 한국 음식이 먹고 싶다고도 한다. 식탐이 많은 건지 그저 내게 투정을 부리고 싶은 건지 잘 모르겠다.

어릴 때 미국으로 입양되어 사실상 한국에는 한 번도 가보지 못한 그 아이가 안쓰러워서 가끔 우리 집에 불러 흰 쌀밥과 갈비찜, 김치찌개 같은 한국 음식을 해주었다. 맛도 모르면서 어릴 때 한인타운에서나 가끔 먹어보았다던 한국 음식을 그는 제일 좋아하는 음식이라고 말한다.

그를 위해 해주는 나의 요리 중에 그가 가장 좋아하는 메뉴는 바나나

구이다. 바나나 구이는 바나나를 큼직하게 썰어 데친 후 플럼 슈가 시럽에 조려 코코넛 가루를 잔뜩 뿌려서 먹는 달고 고소한 인도네시아 발리의 전통 디저트인데 이 별것도 아닌 음식을 먹을 때마다 그는 기분이 좋아지고 좋은 일이 생길 것 같다고 말한다. 중요한 오디션이 있는 날이면 꼭 전날에 바나나 구이를 해달라고 졸랐는데 그럴 때마다 내가 그에게 중요한 사람이 된 것 같아서 행복해진다.

그는 사랑을 주고받을 줄 아는 아이였다.

'우리는 사랑꾼. 바나나 구이처럼 달달하고 기분이 좋은 그런 사이.'

나는 그 아이를 너무나 사랑해서 옆에 있어도 바라보고 있어도 그 마음을 다 표현할 수 없었다.

어느 날은 이중섭 작가가 사랑하는 아내에게 쓴 편지 내용을 그대로 손으로 적어 슬며시 그의 재킷 속 주머니에 넣어두었다. 나의 마음을 이중섭 작가의 글로 대신한 러브레터였는데 그냥 주기도 아까워서 언젠가 그가 재킷 속에 숨겨진 편지를 우연히 발견하고 기뻐할 상상을 하며 몰래 넣어둔 것이다.

하루에도 몇 번이나 마음속에서 열광적으로

소중하고 멋진 그대의 모든 것을 끌어안고 또 끌어안고

끝도 없이 그대만을 하루 종일 생각하며 가슴 벅차한다오.

보고 싶고 보고 싶어 또 보고 싶어 머리가 멍해지고 말아요.

끝도 없이 상냥한 나의 아름다운 천사요.

뽀뽀뽀뽀뽀…………………………………………………….

중섭 쓰다.

아프고도 사랑스러운 아이. 태어난 지 얼마 되지 않아 미국으로 입양된 그는 큰 부자는 아니지만 그 아이를 진심으로 사랑하는 자상한 미국인 부모님을 만났다.

입양되어 12살이 되었을 때부터 양아버지의 갑작스러운 사업 실패로 집안 형편이 기울어 그는 결국 고등학교 때부터 일찍 아르바이트를 하며 생활비를 충족해야 했고 대학 진학도 포기했다. 그럼에도 불구하고 그의 맑은 눈과 천사 같은 영혼을 망가트릴 수는 없었다. 그의 빨려 들어 갈듯한 검은 눈동자를 보면 알 수 있었다. 그가 부모님에게 얼마나 따뜻한 사랑을 받고 자랐는지 말이다. 그렇지만 자라면서 알게 된 입양 사실, 그가 인정하고 싶지 않은 입양아에 대한 시선, 자신의 선택이 아닌 친부모로부터 버림받은 상처는 자라는 동안 그를 가끔 아프게 하기도 했다.

그런 그가 성인이 되어서 기특하게도 입양아를 주제로 한 창작 연극을 기획한다고 한다. 극본, 감독, 배우까지 모두 온전히 혼자 도맡을 생각이었다.

매일 조금씩 극본을 써나가는 그에게 아무 말 없이 조용히 머리를 쓰다듬어 주고는 했다.

본인의 선택이 아닌 타고난 삶을 상처로 짊어지고 살면서, 심지어 그 사실을 파고들어 가면서까지 작품을 만들고 있다니. 그는 연극 속의 씬을 완성해가면서 본인이 겪었던 아픔을 녹여낼 것이다. 그리고 가끔, 사실은 꽤 자주 많은 부분에서 아팠을 것이다. 그 아픈 길을 굳이 본인이 찾아서 정면으로 극복하려는 그가 대견하면서도 가슴이 아팠다.

'신은 너의 아픔을 이겨낼 수 있는 천사를 네 안에 두셨어. 너는 신의 선물이야.'

천사 같은 아이. 아프고도 사랑스러운 아이.

'오늘 네가 딛는 걸음은 힘들지 않았기를.

네 걸음이 멈췄던 곳마다 아름답고 새로웠기를.'

신의 축복

드디어 그가 만든 연극이 처음으로 세상에 공개되는 날이다. 극본을 쓰며 남몰래 많이 아파했던 그, 배우들에게 자신이 쓴 극본의 취지를 매일같이 열정적으로 이해시키고 밤을 새워 연습을 하던 그를 계속 지켜봐 왔기에 이 연극이 얼마나 그에게 소중한 의미를 갖는지 알고 있다.

또한 그를 입양한 그의 부모님 앞에서 입양된 아픔을 연기해야 하는 그의 마음속에는 죄송스러움과 조심스러움이 있다. 하지만 이 역시 그가 극복해야 할 삶의 과정이었다. 본인의 아픔을 예술로 당당하게 표현하고 싶어 했다. 연극의 취지는 입양을 통해서 어떤 가정에서는 말로 표현 못할 기쁨을 갖게 하고, 입양되는 아이에게 역시 소중한 가정이 생긴다는 것이 얼마나 축복된 일인지에 대한 메시지를 전달하는 것이었다.

아마추어 연극인들에게 호락호락하지 않은 극장들의 태도와 비싼 대관료도 이유겠지만, 그는 작은 성당을 공연 장소로 선택했다. 부모들에 의해 버림받은 아이들을 공식적으로 보호하고 정식적인 절차를 밟아 입양시키는 일을 하는 성당이었는데, 그의 연극 취지와 너무 잘 맞아서 그곳을 공연 장소로 택하게 된 것이다.

공연 전날 늦은 밤, 이미 성당이 문을 닫은 지도 한참이 지났을 시간에 갑자기 나에게 함께 성당에 가자고 했다. 성당에 도착한 그는 희미한 간접 등불만을 의지하고 있는 성당 앞 성모마리아 상을 바라보며 아무 말 없이 눈을 감고 기도하기 시작했다. 한참 후에 기도를 마쳤는지 그는 나에게 말했다.

"다 잘될 거야. 잘될 것 같아."

"뭐라고 기도했어?"

"내일 공연 잘 마치게 해달라고, 그리고 너랑 지금 이렇게 행복하게 지낼 수 있게 해주셔서 감사하다고 했어."

현실의 어려움이 가득한 그의 삶 속에 그를 지탱하는 것은 절대 꺼지지 않는 촛불처럼 빛나는 그의 긍정적인 마음이었다. 가난한 25살의 무명 연극배우는 경제력도 없고 어떤 사회 조직에도 소속되지 않은 무직자이며 유명한 배우로 성공할 가능성은 더군다나 희박한 상태이다.

나는 아름다운 그 아이가 이런 현실 속에서도 무한 긍정의 태도를 보일 때마다 더욱 걱정이 많아졌다.

'너의 긍정이 너를 이 냉정한 현실 속에서 얼마나 더 지탱해낼 수 있을까? 너에게 힘을 준다는 달콤한 바나나 구이도, 너를 안아주는 따뜻한 나의 품도 현실에서 너의 인생을 지켜낼 수는 없어.'

공연이 시작되었다. 그가 마련해준 객석의 가장 앞줄 중앙에 앉아 그가 고통을 감내하며 만들어 낸 연극을 보았다.

아내의 병으로 아이를 갖지 못하는 한 부부는 아이를 너무나 간절히 소망했다. 현실적으로 입양이라는 소망을 품게 된 아내, 그러나 입양에 대한 선입견으로 입양 여부를 두고 고뇌하는 남편의 내레이션 씬을 연기해야 하는 그의 차례다.

내레이션 속 절규는 사실 그의 절규였고, 그의 미국인 부모님이 그의 입양을 두고 고뇌했던 절규이다. 정말 연기가 타고났다는 생각이 들 정도로 광적으로 연기하는 그가 모든 대사를 소화하면서도 눈물을 펑펑 쏟는다. 그의 미국인 부모님도 울고, 나도 울고, 관객 모두가 울었다.

연극 속 남편의 고뇌 끝에 그 가정은 한 아이를 입양하기로 한다. 입양된 아이의 이름은 '매튜(Matthew)', 그 이름은 '신의 축복'이라는 뜻을 가지고 있다. 매튜는 말 그대로 그 불행했던 가정에 축복을 가지고 온다.

내 사랑스러운 그 아이의 이름도 '매튜'다.

공연이 끝나고 무대 인사를 하며 그의 부모님과 인사를 나누었다. 눈가가 촉촉하다. 매튜를 끌어안으며 정말 잘했다고 칭찬하며 울먹이는 그의 어머니와 몰래 눈물을 훔치는 아버지를 보며 나도 계속 눈물이 흘렀다. 관객 중 얼마나 사실을 알겠는가? 이 한 편의 연극이 실화이고 그 실화의 주인공이 연극의 주인공이라는 사실을.

그 아이를 무한한 사랑과 가슴으로 키워 낸 부모가 이 자리에서 과거의 고뇌를 되뇌며 슬퍼하였고 그 축복받은 아이를 통해 오늘 또 한 번 위로받았다. 버려진 아이를 가슴으로 다시 낳아 기른 부모의 사랑이 오늘 이렇게 아름다운 일들을 만들어 내었다.

남자가 주는 사랑은 짜릿한데 어른이 주는 사랑은 뭉클하다.

회색 비

뉴욕의 어느 가을날, 그 어떤 해의 가을보다 비가 유난히 자주 내린다.

ONE
W 100 St
Amsterda
Avenue

우리는 비가 오는 날이면 우산 하나를 함께 쓰고 제일 큰 사이즈의 따뜻한 아메리카노 커피 한잔과 뉴욕 치즈 케이크를 사서 센트럴 파크의 아지트에 갔다. 눈이나 비가 내릴 때 사람들이 지붕 삼아 쉬었다 갈 수 있도록 공원 내에 만들어 놓은 쉼터인데 우리는 눈, 비가 오면 일부러 이곳에 찾아갔다.

이곳에서 바라보는 뉴욕은 우리의 투정이나 어리광을 얼마든지 받아줄 것만 같이 유난히도 커 보인다. 멀리 보이는 높고도 아름다운 뉴욕의 빌딩들을 바라보면서 그는 그의 꿈을, 나는 나의 꿈을 머릿속에 그린다.

비 냄새인지 그의 냄새인지 모를 흙내와 땀내가 섞인 냄새가 좋다. 그와 맞닿은 한쪽 어깨와 한쪽 엉덩이만 따뜻하지만 그 면적의 체온만으로도 충분히 온몸과 온 마음이 따뜻해진다.

그의 어깨에 내 턱을 괴고 눈을 감은 채 그 냄새와 체온을 느낀다. 눈을 감은 채 그에게 물었다.

"매듀, 너는 꿈이 뭐야?"

"음…… 무대에 서는 것. 정말 큰 무대에. 유명한 배우가 되어서 너와 같이 레드카펫에 서고 싶어."

"우리 그렇게 될 수 있을까? 네 생각보다 훨씬 오래 걸릴 수도 있어."

"다 잘 될 거야. 난 할 수 있을 거야."

회색 도시에 내리는 회색 비, 비가 올 때마다 왠지 슬프면서 설렌다.

우리는 매일 꿈을 꾸고 내일이면 또다시 그 꿈에 관해 이야기 한다. 행여나 이 순수한 꿈에서 깨지 않기를 간절히 바라면서.

넌 나를 후진 여자로 만들어

"언제까지 뜬구름 잡는 소리만 할 거야. 우리 이제 그만하자."

"내가 부족한 거 알아. 하지만 우리 사랑하잖아. 내가 자리 잡을 때까지 조금만 기다려줘."

"대체 뭘 기다리라는 건지 모르겠어. 매일 가만히 앉아서 유명한 배우가 되기를 바라고 있는 네가 한심해. 노력이란 걸 하기는 하는 거야? 난 너보다 나이도 많고 언제까지 한량 같은 너만 바라보면서 마냥 늙어갈 수는 없어!"

"뭐가 그렇게 불안해. 우리 둘 다 젊어. 뭐든 할 수 있다고. 대체 뭐가 너를 그렇게 흔들리게 하는데."

"뭐든 할 수 있어서 너는 대체 우리를 위해 무엇을 하는데? 너와 함께하는 미래가 나에게는 도무지 그려지지가 않아. 서른, 마흔에도 공원에 앉아서 우리가 마냥 행복할 것 같아? 나는 결혼을 하고 싶어. 정상적인 일을 하는 사람과 정상적인 가정을 만들고 싶다고."

서른 살의 내가 서른하나가 되어 가던 즈음, 뉴욕과 뉴저지, 보스턴, 샌프란시스코에 사는 내 친구들은 하나둘 결혼하기 시작했고, 그들의 남편들은 하나같이 금융업 종사자 아니면 자기 사업을 하는 서른 중반의 화이트칼라들이었다. 그들의 드라마틱한 프러포즈 이야기를 듣거나 결혼식을 갈 때마다 나는 왠지 모를 작아짐을 느꼈다.

그녀들의 멋진 남편들 사이에서 순식간에 나의 아름다운 그 아이는 온데간데없어지고 철부지 배우 지망생이 되어 버렸다. 그 아이를 너무나 사랑하지만 이게 현실이다. 내가 걱정했던 그 현실이 너무나 금세 우리 앞에 도래했다.

그가 눈물을 글썽이며 말했다.

"내가 더 잘할게. 네 말대로 더 뛰어다니면서 정말 유명한 배우가 되도록 할게. 제발 헤어지자는 말은 다시는 하지 마. 나는 너 없이는 못 살아. 나는 혼자야. 아무도 없어."

이 말을 하는 동안 그의 눈에서는 어느새 영원히 멈추지 않을 것 같은 눈물이 줄줄 흐르고 있다.

그의 모습을 보는 내 눈에서도 계속 눈물이 흐른다. 그 아이에게 내가 왜 이렇게 할 수밖에 없는지 나 자신이 너무 싫지만 부정할 수는 없다. 그가 내 옆에 계속 있는 한 나에게는 결혼도, 생활도 보장 못 받는 암울한 미래뿐이었다. 이 냉혹한 현실이 너무 야속해서 못된 말을 하면서도 계속 눈물이 났다. 그는 하얀 얼굴이 더 창백해져서는 그 큰 눈으로 계속 눈물을 흘리며 내 얼굴을 올려다보고 있었다. 더는 그의 얼굴을 볼 수가 없다.

그에게 못되게 구는 내 모습이 너무 별로인 것 같아서, 나 자신이 싫어져서 자꾸 화가 났다.

손가락이 빨개지도록 내 손을 꼭 잡고 있는 그의 두 손을 뿌리치고 소리를 질렀다.

"네가 왜 싫은지 알아? 넌 나를 후진 여자로 만들어. 이렇게 말하고 있는 내가 지금 얼마나 후진 느낌인지 아니? 왜 나를 이렇게 만들어!"

그렇게 그 자리를 뛰쳐나가는 나를 그는 더 이상 따라오지 않았다.

정신없이 집으로 돌아오는 내내 나는 가슴이 무너져 내렸다. 심장이 너무 아려서 등을 곧게 펼 수도 없었다.

사랑의 대가는 너무 가혹하다. 그 사랑이 아름답고 깊을수록.

'지금도 이렇게 가슴이 절절한데, 더 사랑한 다음에 헤어졌으면 심장이 다 타버려서 죽었을지도 몰라.'

그렇게 세상에서 가장 아름다운 그 아이를 나의 가장 아름다운 시절과 함께 보내버렸다.

다시는 돌아오지 않을, 변하지도 않을 추억 속으로.

시간이 지나서야 알게 되는 아름다움

금요일 저녁, 나의 퇴근 시간에 맞추어 그가 내 회사 앞에서 나를 기다렸다. 만나자마자 그가 큰 눈을 더 크게 뜨며 나에게 말한다.

"오페라의 유령 보러 가자!"

그의 손에 뮤지컬 티켓이 들려있었다.

"뭐야 갑자기! 표도 비싼데 네가 돈이 어디 있다고."

타임스퀘어의 TKTS라는 티켓박스에서는 매일 3시부터 그 날의 브로드웨이 공연 티켓을 적게는 20%에서 많게는 50%까지 할인받아 살 수 있었는데, 오늘 그는 4시부터 한 시간 반 동안이나 줄을 서서 티켓을 샀다고 한다.

"50%나 할인받았어! 네가 계속 보고 싶다고 했잖아. 어서 가자. 8시 공연이야."

본인이 더 신이 나서 내 손을 잡고 이끄는 그의 뒤통수마저 예쁘다. 기특해서 내일은 바나나 구이를 만들어 줘야겠다고 혼자 생각한다.

이렇게 할인받은 브로드웨이 공연장 외에도 뉴욕의 사방 천지가 우리에겐 알뜰하면서도 격 있는 데이트 장소였다. 41번가 뉴욕공공도서관의 무대예술 도서관이라는 곳에 가면 수많은 역대급 음악, 영상, 연극 자료 등을 관람할 수 있었다. 우리는 매일 도서관에서 베토벤과 바흐를 만나고, 찰리 채플린의 흑백 영상으로 우리가 겪지 못한 한 시대를 경험한다. 돈은 전혀 들지 않는다. 과거의 역사와 현재가 공존하는 공간에서 클래식하게 데이트를 한다.

때로는 센트럴 파크를 걷다가 입장료 대신 기부금 5달러를 내고 메트로폴리탄 박물관에 들어가기도 한다. 둘이서 수십 번도 더 갔던 그곳에서 그가 좋아하는 중세의 미술 작품들과 내가 좋아하는 근대 미술 작품들을 공유한다. 중세의 아름다운 벽화 작품에 빠져있는 그에게 말했다.

"넌 전생에 셰익스피어였을지도 몰라. 그 사람도 너처럼 천진난만하고 예뻤을 거야."

"너는 프리다 칼로 같아. 강하면서도 따뜻해."

위대한 예술 작품들처럼 시간이 지나서 더욱 아름다워지는 것들이 좋다.

한때 나는 우리도 그랬으면 좋겠다고 생각했다.

오랫동안 변함없이 사랑할 것.

다만 늙어간다면, 그 또한 '아름답게', '함께' 늙어갈 것.

일요일 어퍼 웨스트 사이드 - 요리사 & 인류학자

우리의 아침은 늘 한가했다. 잠이 없는 나와 더 잠이 없는 그는 새벽 5시면 이미 깨어난 상태인데 가끔 새벽 3~4시쯤 함께 깨어날 때면 "우리 더 자야 돼."라며 서로를 토닥거리고 억지로 다시 잠을 청하기도 한다.

언제인지 새벽에 잠시 내린 소나기 탓에 습기가 가득한 아침 7시, 나는 나를 위한 아침 식사를 준비한다. 반쯤 익은 스크램블에그에 체더치즈를 뿌리고 바로 접시에 담아내니 사르르 익은 치즈가 먹음직스럽다. 블루베리, 라즈베리, 체리를 섞어 다른 접시에 따로 담고, 한동안 마시지 않아 차 뚜껑에 먼지가 쌓인 중국 홍차 정산소종을 찬장에서 꺼내 나무 쟁반 한편에 따로 우려낼 준비를 한다. 소파에 앉아 핸드폰을 만지작거리는 그에게 물었다.

"오늘은 대체 몇 번을 깬 거야?"

"나 사실은 한 2시간밖에 안 잔 것 같아. 잠을 잘 수가 없어. 생각이 너무 많아."

"무슨 생각이 그리 많아?"

"그냥 전부. 예전에 배운 것들이 머릿속에서 또 꿈속에서 자꾸 나타나. 파고들다 보면 생각이 많아져서 더 이상 잘 수가 없어."

"매일 그렇게 어떻게 살아. 그리고 제발 뭐 좀 먹어."

"아니 안 먹어도 돼."

그는 아침을 먹지 않는다. 사실은 점심, 저녁도 제대로 먹는 경우는 일주일에 고작 2~3번뿐이다.

그는 그렇게 매일 먹지도 자지도 않는다. 늘 생각에 골똘히 빠져있거나 핸드폰으로 뉴스를 확인하고, 중요한 축구 경기가 있을 때 맥주를 쌓아놓고 경기가 끝날 때까지 꼼짝도 하지 않는 것이 그의 일상이다. 그렇게 무언가에 몰두하다가 피곤해지면 30분이나 1시간 남짓의 얕은 잠에 빠지고는 또 곧 깨어난다.

그는 컬럼비아 대학교에서 아이들을 가르치는 인류학자다.

처음 만나던 날 본인을 인류학자라고 소개했을 때 나는 그에게 그의 정체를 되물었다.

"인디아나 존스의 해리슨 포드 같은 직업인가요?"

"네 맞아요. 그렇게 생각하시면 돼요."

"아……, 그러면 혹시 공룡 뼈 같은 것 찾으러 다니시는 거예요?"

"하하하. 그럴 수도 있죠. 쉽게 말하자면 침팬지, 고릴라 연구하는 사람이에요. 인류학 범위가 워낙 포괄적이라서 사실은 세상의 모든 학문을 공부해야 해요. 국가, 인종, 역사, 종교, 문화 같은 세상의 모든 역사와 현실을 품고 있는 학문이죠."

"그렇구나. 신기하기도 하고, 잘 모르겠지만 멋져 보이네요."

그의 직업처럼 그의 첫인상은 그렇게 신비스러웠다.

우리는 연애를 시작하면서 어퍼 웨스트의 모닝사이드 모닝하이츠 지역의 컬럼비아 대학교 소속 아파트를 구해 함께 지냈는데, 그는 아침 8시 30분이면 학교에 갔다가 5시가 되기 전에 아파트로 돌아온다.

나는 매일 아침 7시마다 허드슨 강 넘어 뉴저지를 바라보며 강 길을 따라 리버사이드 파크를 한 시간 동안 조깅한 후 9시 20분에 지하철 웨스트 110번가에서 출발해서 34번가 팬스테이션으로 출근했다. 레스토랑 브랜드 컨설팅을 하는 나에게 뉴욕의 중심지에 있는 사무실은 여러모로 최적화된 위치다. 사무실의 평수는 작지만 맨해튼의 중심답게 세상의 모든 것이 밀집되어 있고 무엇보다 주거지인 어퍼 웨스트 사이드 지역과 업무상 자주 방문하는 소호 지역의 중간이기 때문이기도 하다.

나의 퇴근 시간이 가까워지는 5시 30분 즈음에 간혹 그가 회사 근처로 오겠다고 하는 날이면 잔뜩 긴장해야 하는데, 지하철을 극도로 싫어하는 그가 가끔 잘못된 노선을 타고 이상한 곳에 내리기라도 하면 그는 어린아이처럼 다시 혼자서 집으로 돌아가 버리곤 했기 때문이다. 그럴 때마다 나는 집으로 돌아와 그에게 타이르듯이 말하곤 한다.

"나한테 오려고 하지 마. 그냥 내가 갈게. 알았지?"

"미안, 내가 좀 이상하지?"

"아니. 당신은 이상한 게 아니라 특별해."

그는 말없이 웃는다. 44살의 그는 나보다 9살이나 많지만 내면은 한없이 어린아이 같은 구석이 있다. 그런 그를 위해 우리 연애의 패턴은 그에게 맞추어져 있다. 나는 그것이 우리의 일상과 연애에 허튼 시간을 보내지 않을 가장 효율적인 방법이라고 생각했기 때문이다. 마치 영화 속에서나 볼 수 있을 것 같은 괴짜 교수와 지극히 현실적인 성격의 나는 그렇게 예민함이라는 공통점과 그것을 제외한 모든 것이 다름을 인정하고, 매일 아침을 남들보다 조금 일찍 시작하는 모닝사이드의 낡은 아파트에서 '특별한' 사랑을 했다.

나는 당신에게 몸과 마음을 바쳐요.

우리는 작년 봄, 타임스퀘어의 한 루프탑 바에서 만났다. 뉴욕에 살다가 샌프란시스코로 이사 간 대학교 후배가 2년 동안 사귄 남자친구에게 프러포즈를 받자마자 뉴욕으로 건너와 뉴욕의 친구들과 함께 자축 파티를 연 것이다. 파티에는 30여 명의 뉴요커들이 모였는데 그곳에 그와 내가 있었다. 나는 예비 신부의 대학 선배로, 그는 예비 신랑의 대학원 선배로.

화려한 뉴욕 5월의 밤, 멋스러운 루프탑에서는 재즈 밴드가 라이브로 연주하고, 지적이고 아름다운 흑인 여성 보컬은 가슴이 설렐 정도로 감미롭게 노래를 불렀다.

곳곳의 스탠딩 테이블에서는 오랜만에 만난 지인들끼리 아껴둔 이야기가 계속 이어졌고, 새롭게 만난 사람들은 금세 친해질 수 있도록 흥을 돋울 샴페인이 사방에 깔려있었다.

사파이어처럼 아름다운 파란 눈동자를 가진 프랑스 남자 서버들이 보우타이를 매고 샴페인 글라스를 들고 다니며 계속 사람들에게 샴페인과 올리브를 권했다. 나는 오랜만에 만난 예비 신부와 지인들과 즐겁게 내화를 하고 있었는데 예비 신랑이 자신의 대학원 선배들을 소개시켜주었다.

그가 거기 있었다. 젊은 남자들 사이에서 유행인 인공 태닝이 아닌 철저히 태양에 그을린 까만 피부에 남미계 혼혈로 보이는 190cm는 되어 보이는 중년 남자가 한 손엔 레드 와인 잔을 들고 다른 한 손은 주머니에 넣은 채로 매력적인 미소를 지으며 강렬한 눈빛을 발산하고

BELVEDERE
HOTEL

있었다.

그는 한국계 미국인이었는데 한국에서 산 적이 없어 사실상 나에게는 그저 잘생긴 외국인 같은 느낌이었다. 간단한 자기소개를 나누고 난 후 곧 나는 그 자리가 불편해지기 시작했다.

주위의 여자들이 모두 그의 주변으로 몰려들기 시작했기 때문이다.

'집이 어디예요?', '무슨 일 하세요?', '여자친구 있으세요?'

여자들이 단체로 약을 먹었나 싶을 정도로 노골적으로 그를 둘러싸고 자신의 매력을 어필하기 위해 필사적으로 노력하는 모습이 나는 너무나 보기 싫어서 그 자리에서 슬쩍 빠져나와 다른 무리의 친구들과 어울렸다.

"야. 저 사람 대단하다. 여자들이 좋아할 만한 스타일이긴 하지만 아무리 그래도 여자들은 왜들 저러는 거야? 아주 오늘 밤 어떻게 해보려고 난리들이 났어. 못 봐주겠다."

친구가 흘깃 그를 보더니 말한다.

"아 저 사람? 난 저번에 한 번 만났었는데 멋있지? 남자답고 키도 크고 잘 생긴데다가 학벌도, 직업도 좋고 원래 여자들한테 인기가 많다더라."

"잘 생기면 뭐하니. 부담스럽다 부담스러워. 저 여자들도 무섭고. 어휴~."

그렇게 한참을 그의 주위에서 멀리 떨어져 샴페인을 마시고 취해

가다가 본격적으로 노래를 부르기 시작한 여가수의 아름다운 목소리에 넋이 나갔다. 내가 좋아하는 'Body and soul' 이라는 곡이었다.

"가사가 정말 좋죠?"

그가 어느새 내 옆에 와서 그녀의 노래를 함께 듣고 있다.

"아, 네……. 좋아하는 노래에요. 특히 토니 베넷과 에이미 와인하우스가 부른 영상이 있는데 정말 좋아요."

"저는 책을 쓰는 사람이라 그런지 음악을 들을 때 가사를 중요하게 들어요. 이 노래 가사 정말 좋은 것 같아요."

"네……. 그러시구나. 그럼 좋은 시간 되세요."

나는 도망치듯 그의 옆자리에서 가능한 한 멀리 떨어졌다. 결혼하는 커플의 테이블로 가서 관심도 없는 그들의 첫 만남 이야기에 귀를 기울이는 척을 하며 그가 또 내게 다가오지 않기를 바라며 계속 신경을 썼다. 그는 그 파티에 있는 거의 모든 여자와 이야기하고 있었다.

'완전 바람둥이네.'

그가 속물이라고 판단한 나는 그에게 더 이상 신경 쓰지 않기로 한다.

시간이 흐르고 어느덧 11시 반이 되어 있었다. 이미 많은 사람이 자리를 뜨고 이제 남은 사람들은 12명 남짓, 예비 신랑이 모두 한 테이블에 모여 앉아서 와인을 한잔 더 하자고 청했다.

예비 신부와 여자들은 프러포즈로 받은 다이아몬드 반지와 결혼식 계획 이야기를, 남자들은 그들의 일 이야기에 빠져 30명이 있을 때보다

오히려 더 시끄러운 느낌이었다. 그 역시 그 자리에 있었는데 여전히 그의 주위에는 3~4명의 여자들이 그를 둘러싸고 그의 어깨, 허벅지, 무릎 등을 본격적으로 터치하며 마치 왕에게 간택되기를 바라는 궁녀들처럼 열심히 자신들의 매력을 어필하고 있었다. 그는 그녀들 모두에게 친절한 미소와 섹시한 눈빛으로 응대했다.

'아, 정말 싫다. 왜들 저래. 저 남자는 왜 가만히 있는 거야. 즐기는 거야 뭐야?'

그렇게 그의 시선을 피하던 그때 그가 갑자기 자리에서 일어나 내 옆자리에 와 앉았다. 좁은 테이블이라 자리도 충분하지 않아서 어깨가 완전히 밀착되는 상황이었다.

'이 사람 왜 이래?'

당황한 나는 곧장 자리에서 일어나 화장실을 다녀온다고 하고는 최대한 천천히 테이블로 돌아왔다. 아니나 다를까 내 자리는 이미 그녀들이 점령하고 그를 에워싸고 있었다. 내 자리가 없다. 앉을 곳이 없다.

'정말 짜증 난다. 이 사람들.'

그때 그가 다시 일어나서는 나에게 말한다.

"여기 앉으세요. 제가 조금 옆으로 앉으면 될 것 같은데."

"아, 네……."

못이기는 척 자리에 앉았는데 그렇게 자기 자리를 내주는 듯싶더니 내가 자리에 앉자마자 냉큼 내 옆자리에 찰싹 붙어 앉는다. 이 남자의 적극적인 행동에 나는 당황했다. 어쩔 줄을 몰라 다시 자리를 뜬다.

"저, 커피 좀 마셔야겠어요. 커피가 어디 있더라?"

쿵쾅거리는 마음을 진정시키며 최대한 자연스럽게 커피가 준비된 실내의 로비로 들어갔다. 이미 12시가 넘은 시각. 직원들도 거의 퇴근한 상태라 로비에는 아무도 보이지 않아서 내려놓은 커피 머신이 있는 미니바에 가서 뜨거운 원두커피를 옆에 놓인 종이컵에 따랐다.

직원들도 재즈 밴드도 아름다운 여가수도 떠난 루프탑의 로비에는 컴퓨터로 플레이해 놓은 재즈 음악이 계속 반복되고 있었다. 취기에 기분이 좋아진 나는 한 손에 들고 있던 커피잔을 컴퓨터 옆에 내려놓고 음악을 하나 선곡한다. 선곡 후 다시 뜨거운 커피를 한 모금 만족스럽게 마시고 뒤를 도는 순간 숨이 멎는 줄 알았다. 커다란 그가 바로 내 코앞에서 나를 바라보고 서 있었다. 그 매력적인 미소와 갈색 눈동자를 반짝이며 그가 말했다.

"자꾸 어딜 가요?"

"술을 좀 많이 마셔서요. 커피를 좀……."

그 순간 그가 갑자기 나의 허리를 끌어안더니 키스를 했다.

바람둥이일 거라며 계속 피해 다녔지만 사실 이 루프탑에 도착하자마자 가장 먼저 관심이 갔던 그였다. 그런 그가 그를 둘러싼 수많은 여자를 뿌리치고 피하기만 하던 나에게 왔다. 그의 갑작스러운 기습 키스에 피하려니 좋고 안 피하자니 이성적으로 명분이 없는데…….

“저 밖에 있는 모든 여자들이 그쪽만 바라보고 있는 거 아시죠? 그런데 저한테 왜 이러세요?”

파티 내내 시종일관 모두에게 친절하기만 하던 그의 표정이 진지해졌다.

“나는 저기 있는 다른 여자들 아무도 관심 없어. 처음부터 너만 보고 있었어.”

그 순간 그는 다시 나에게 키스했고 나는 그에게 그 순간을 맡겼다.

그 절묘한 순간 내가 선곡한 음악이 흘러나왔다.

I spend my days in longing

And wondering why it's me that you're wronging

I tell you that I mean it,

I'm all for you body and soul

내 나날들을 그리움으로 보내죠.

당신이 오해하는 사람이 왜 나인지 궁금해하면서

진심으로 말하는데,

난 당신에게 몸과 마음을 바쳐요.

Kitchen Basics
SEAFOOD STOCK
SALT
Naturally Smoked
Bacon
Boar's Head
Boar's Head

볼로네제 파스타

와인을 좋아하는 우리는 적어도 일주일에 3번은 저녁 식사 대신 집 근처의 샐러드 전문점에서 샐러드와 누들을 테이크아웃 해오거나 집에서 간단한 안주를 만들어 와인을 즐겨 마신다. 안주는 재빠르게 만들기 좋은 과카몰리나 새우 칵테일이 단골 메뉴였다.

잘 물러진 아보카도를 포크로 으깨고 잘게 썬 토마토, 양파, 샐러리, 레몬 껍질을 섞어 소스처럼 나초에 얹어 먹으면 과카몰리, 잘게 썬 파프리카, 토마토에 데친 새우와 흰 살 생선을 다져 넣고 레몬을 가득 짜서 넣으면 세비체 느낌의 새우 칵테일이 완성된다.

입맛이 까다로운 그는 편식이 심했는데 특히 샐러리, 닭고기, 돼지고기, 날생선, 우유, 커피를 싫어하고 감자, 달걀, 과일, 치즈를 거의 주식으로 먹었다. 어떻게 이렇게 먹고도 살 수가 있나 싶을 정도로 독특한 식습관이었다.

"아니 무슨 식생활이 원시인 수준이야. 산에서 들에서 채집하고 길러서 먹어야 할 것 같아."

"난 이렇게 자라왔어. 어쩔 수 없지 뭐."

그를 만난 이후 나의 과카몰리에는 더 이상 샐러리가 들어가지 않았고 새우 칵테일에 날생선도 넣을 수 없었지만 우리가 공통적으로 좋아하는 고수를 잔뜩 넣는 것만으로도 나는 충분히 만족했다. 연애 초반에 그의 식성을 모르고는 정성 들여 만들었던 수많은 음식을 딱 한 입만 먹고 더 이상 먹지 않는 그를 보고는 놀랐었다. 하지만 서운하다기보다는 그가 거부하지 않는 음식을 맛있게 먹는 모습이 보고 싶어졌다. 그 뒤로 나는 그가 좋아할 수 있는 요리를 계속 시도했다.

어느 금요일, 일과를 마치고 무더위에 지쳐 아파트로 들어오니 저녁 6시였다. 그는 동료 교수와 아직 연구실에 남아 이야기를 나누고 있다고 메시지를 보냈다.

나는 종일 연이은 미팅에 시달렸더니 갑자기 기름기 가득한 파스타가 먹고 싶어서 아파트 앞의 이탈리안 푸드 마트에 갔다. 간 소고기와 파마산 치즈, 페투치니 생면과 레드 와인 2병을 사서 볼로네제 파스타를 만들기 시작했다. 더위가 한창인 8월에 에어컨도 없는 100년이 넘은 이 아파트에서 2시간 동안 볼로네제를 끓이고 나니 기가 막힌 냄새와 함께 땀이 온몸에 흠뻑 쏟아졌다.

'이렇게 정성스럽게 만들었는데 설마…….'

아파트로 돌아온 그는 현관을 들어오면서 냄새만으로도 벌써 음식 이름을 맞힌다.

"음~ 볼로네제!"

그리고 그는 식탁 위에 사이드 메뉴로 만들어 놓은 타불레(Tabbouleh)를 보더니 역시 단번에 이름을 맞힌다.

"타불레?"

“와~ 세상 음식 이름을 책으로 공부했구나. 어떻게 알아 이걸!”

타불레는 불린 쿠스쿠스에 생 파슬리와 양파, 토마토, 민트 등을 넣고 올리브오일과 레몬즙으로 버무린 중동식 샐러드다. 주방의 상황을 둘러보던 그가 다시 해박한 지식의 방출을 시작했다.

“와우~ 페투치니 면이네. 볼로네제는 이렇게 넓은 면으로 만들어야 소스가 잘 묻고 배서 맛이 좋지. 정말 맛있는 냄새가 나. 파마산 치즈까지? 오 마이 갓! 완벽해.”

그는 결국 볼로네제 파스타에 대한 극찬을 남발하며 두 그릇을 비웠다.

“웬일로 이렇게 많이 먹어? 그렇게 맛있어?”

“나 어린이 입맛이라서 그래. 어릴 때부터 엄마가 이거 해주면 잘 먹었거든.”

그가 볼로네제 파스타 두 그릇을 먹는 동안 나는 그를 관찰하며 여러 가지 생각이 들었다. 그는 성격과 입맛이 유난스럽고 까다로운 것이 아니라 그저 아직 어린아이 같은 구석이 남아 있는 평범한 남자일 뿐이라고.

‘역시 당신은…… 특별해!’

먹고 춤추고 사랑하라

평소에 즐겨 듣는 재즈 음악을 틀어놓고 저녁 식사를 하며 우리는 한참 동안 음식과 와인에 관해 이야기했다. 어느새 소비뇽 블랑과 피노누아를 한 병씩 비우고 기분이 좋아진 우리는 음악을 크게 틀었다. 그때 영화 '먹고 기도하고 사랑하라' 에서 주인공 리즈와 펠리페가 발리 우붓에서 처음으로 사랑을 나눌 때 배경 음악이었던 Joao Gilberto의 'S wonderful' 이 흘러나왔다.

그는 영화 속의 펠리페처럼 음악 소리를 높이고 고개를 흔들며 자리에서 일어나 나에게 손을 내밀었다.

"Shall we dance?"

우리는 오직 작은 스탠드 불빛과 테이블 위의 작은 촛불이 전부인 조명 아래 불빛이 비쳐 반짝거리는 서로의 갈색 눈동자를 바라보며 흥겨움과 로맨틱함에 한껏 취했다. 우린 그렇게 양손을 마주 잡고 밤새도록 춤을 췄다.

오늘이 세상의 마지막 날이어도 좋을 것 같다.

'S wonderful! 'S marvelous!

You should care for me!

'S awful nice! 'S paradise!

'S what I love to see!

You' ve made my life so glamorous

You can't blame me for feeling amourous.

'당신은 대단해요. 환상적이에요. 당신은 내 삶을 풍요롭게 만들어요. 지금 이 순간 당신을 너무나 사랑해요.'

Elena's Kitchen

8월의 뉴욕, 마치 찜통 속에 있는 듯한 더위의 수요일 아침 출근길에 나는 그에게 오랜만에 외식을 하자고 제안했다.

"오늘 저녁 6시 반에 이탈리안 친구 부부가 하는 레스토랑에 가자. 나 처음 뉴욕에 유학 왔을 때 만난 친구인데 플로랜스에서 계속 살다가 뉴욕을 못 잊어서 이탈리아에서의 삶을 정리하고 남편과 함께 뉴욕으로 이민을 왔지 뭐야."

이탈리안 친구의 이름은 엘레나 로메티, 유학 당시 26살이었던 그녀는 플로렌스 지방에 그녀의 대가족이 함께 사는 집이 있고, 학기마다 로마에 있는 학교에 다니며 변호사 시험을 준비하던 하생이었다. 그녀와 함께 보낸 20대의 뉴욕 생활은 유학이라기보다는 단짝친구와의 여행과도 같았다. 우린 학교에서 매 수업 쉬는 시간마다 만나서 방금 마친 서로의 전공 수업이 얼마나 끔찍했는지, 얼마나 졸리고 지루했는지에 대해 속사포로 욕을 하고 방과 후에 즐겨야 할 우리의 밤 스케줄에 대해 다시 한 번 의기를 투합했다.

금요일 밤이면 파슨스 패션 스쿨에 다니는 게이 친구의 섬세한 플랜에 따라 미리 예약해 둔 미드타운의 클럽들을 투어하며 밤이 깊어가는 줄 모르고 춤을 췄다. 일요일 아침에는 프라자 호텔 입구에서 만난 후 델리에서 샌드위치와 과일을 사서 센트럴 파크 호숫가에 앉아서 한 주의 하이라이트를 꺼내어 다시 이야기하거나, 각자의 남자친구에 대해 수다를 떨었다. 그 당시 엘레나가 말해준 바에 의하면 그녀의 남자친구는 자신의 집인 플로렌스 부근에서 이탈리안 레스토랑을 하는 2살 연상의 남자였는데, 그녀가 친구들을 만나는 것조차 싫어할 정도로 의심과 질투가 강한 남자라고 했다. 하지만 엘레나는 그가 자신을 너무 사랑하기 때문이라고 두둔하기도 했다. 무엇보다도 그녀 역시 그를 이미 너무나 깊이 사랑하고 있었기 때문이다.

변호사로 성공하고 싶은 야망을 가진 자유로운 성격의 엘레나와 그녀가 달아날까 봐 2년째 노심초사하는 남자친구와의 싸움 이야기는 유학 시절 내내 듣던 우리의 단골 주제였다. 그러던 그녀가 유학을 마치고 이탈리아로 돌아가자마자 얼마 후 둘은 결혼을 했다.

지금 엘레나의 남편은 뉴욕에 오픈하게 된 자신의 레스토랑 이름을 'Elena's Kitchen' 이라고 지었고, 그녀는 사랑받는 아내로 또 맨해튼에서 잘나가는 변호사로 당당하게 뉴욕의 중심에서 살아가고 있었다.

저녁 6시 25분, 그와 나는 웨스트 66번가 링컨 센터 앞에서 만나 5분

거리의 레스토랑에 함께 들어갔다. 다행히도 우려한 바와 다르게 그는 깔끔한 복장이었다.

그는 학교에 갈 때를 제외하고는 늘 너덜너덜한 청바지나 반바지에 티셔츠 한 장을 걸치고 외출하거나 아파트에서는 거의 타월 한 장만 몸에 걸치고 맨발로 생활하는데, 신발을 신고 생활하는 우리 아파트에서 맨발로 다니는 그를 볼 때마다 나는 그에게 농담 반 진담 반으로 이야기하곤 했다.

"원시인이 따로 없네! 왠지 몸에 털도 점점 많아지는 것 같기도 하고. 그냥 우리 바닥 청소를 깨끗이 하고 맨발로 지낼까?"

그러면 그는 진지하게 대답한다.

"괜찮아. 발을 계속 닦으면 돼. 매일 청소해봤자 대기오염 때문에 어차피 바닥은 계속 더러워질 거야."

그다운 대답이다.

오늘의 그는 오렌지색 마 소재 셔츠에 하얀 팬츠를 입었고, 낡았지만 소재가 좋아 보이는 갈색 구두를 신었다. 무채색 옷만 입다가 오렌지색을 입으니 유난히 그을린 까만 피부가 돋보이고 웃는 입술 사이의 치아도 더욱 하얗게 보인다. 오늘따라 왠지 멋진 그의 모습에 기분이 좋다.

오랜만에 만난 엘레나와 나는 반갑게 키스와 포옹을 나누고 우리 셋은 예약된 창가 자리에 앉았다. 잠시 후 주문을 받으러 온 웨이터가 메뉴판을 주면서 말했다.

"셰프님은 잠시 후에 인사하러 나오신대요. 지금 예약이 밀려있어서 음식 준비 중이세요."

그때 엘레나의 핸드폰이 울리기 시작했다.

"미안, 내일 중요한 소송이 있어서 전화가 계속 오네. 잠시 나가서 통화하고 올게."

그녀는 그녀 특유의 눈을 크게 뜨며 동시에 환하게 웃는 다정한 표정으로 레스토랑 밖으로 나갔다. 그가 손을 들어 웨이터를 부르고 주문을 했다.

"여기 하우스 와인 중 화이트 와인이 5가지인데 종류별로 품종과 맛이 어떤지 설명해주시겠어요?"

짙은 회색 눈동자를 가진 이탈리아 남자 웨이터는 친절히 그러나 간략하게 설명하기 시작했고, 웨이터의 설명이 끝났는데도 그는 주문하지 않고 말없이 다른 와인 리스트를 집어 들고 찬찬히 살피기 시작했다. 그 어색한 적막 속에 민망해진 웨이터와 나는 순간 눈이 마주쳤고 나는 미안함을 담은 눈인사와 함께 고개를 한번 끄덕거렸다.

마치 '지금 네가 무슨 생각하는지 나도 잘 알아.' 라는 표정으로.

기다리던 웨이터가 말했다.

"리스트를 조금 더 보시겠어요? 잠시 뒤에 올까요?"

그가 단호하게 말을 끊었다.

"아니요. 혹시 여기 레드 와인 리스트 중에서 추천할 만한 와인이 있나요? 드라이하고 달지 않은 것으로."

웨이터는 다시 레드 와인 리스트에 대해 친절하게 코멘트 했다. 웨이터의 설명을 듣더니 그는 설명해준 리스트에는 없었던 전혀 다른 와인을 주문했다.

"화이트 중에 이 아르헨티나산을 병으로 주세요. 사람들이 이 맛을 잘 모르는데 아르헨티나 사람들 사이에서는 정말 흔한 와인이죠. 맛이 처음 마시면 독특하다고 느낄 수 있는데 마실수록 중독되는 맛이라고 해야 하나? 산미가 무척 강해서 나중에 속이 쓰리기는 하지만."

웨이터의 표정이 굳어졌다. 아니 화를 참는 것이 보일 정도로 억지로 웃고 있는 웨이터의 입술이 떨리고 있었다.

"네, 와인 먼저 준비해드리겠습니다. 메뉴는 천천히 보시죠."

웨이터는 자리를 떠났다. 기분이 상한 나는 그에게 말했다.

"왜 먹지도 않을 거면서 이것저것 설명해달라고 해. 무슨 테스트 해?"

"그냥 어떻게 말하나 궁금해서."

아무렇지 않게 대답하는 그에게 더 이상 할 말을 잃는다. 그는 처음부터 웨이터의 추천이나 설명이 궁금한 게 아니었다. 세상 사람들의 지식과 언어, 말투, 행동, 반응 등 모든 것에 늘 호기심이 많을 뿐이다. 자신과 비슷한 지식이나 정보, 관심거리를 공유할 수 있는 사람을 만나면 그는 급격히 밝아진다.

어색한 분위기도 잠시, 엘레나가 통화를 마치고 들어왔고 우리는 몇 가지 메뉴를 엘레나에게 추천받아 라구소스가 뿌려진 버섯 아란치니와 엔초비 오일 파스타 그리고 이탈리아식 찜 요리 오소부코를 주문했다.

음식은 요리사인 엘레나의 남편이 직접 가져다주었다. 우린 다 같이 짧은 인사를 나누었고 그는 요리하기 위해 다시 주방으로 들어갔다.

엘레나와 나는 최근에 진행하고 있는 서로의 일에 대한 이야기와 살고 있는 집에 대해 대화를 나누었다. 눈치 빠른 엘레나가 지루해하는 그에게 질문했다.

"둘이 어떻게 만나셨어요?"

"그냥 파티에서요."

"둘이 빨리 결혼하세요. 얼마나 좋은지 몰라요."

순간적으로 정적이 흐르고 나는 분위기를 바꾸기 위해 그에게 와인을 권했다.

"뭐 할 때가 되면 하겠지. 하하. 와인 맛은 괜찮아?"

우리는 결혼에 관해 이야기 해 본 적이 없었기 때문에 당황스러운 질문에 둘 다 딱히 할 말이 없다. 나와 가장 친한 친구와 가장 친한 남자 사이에서 어색함을 조율하려는 나의 노력과는 달리 그는 아무런 노력도 하지 않았다. 그가 다시 웨이터를 불렀다.

“이 와인 맛이 제가 아는 맛이 아닌 것 같은데, 그냥 아까 처음에 권해주신 하우스 와인을 종류별로 한 잔씩 주시겠어요?”

잠시 후 그의 앞에 5잔의 글라스가 놓이고 엘레나는 다소 신기한 듯이 그를 살피며 나에게 놀란 듯한 눈빛을 보냈다. 그는 와인을 한 모금씩 맛보더니 다시 웨이터를 불렀다. 이미 화가 나서 두 볼이 상기되어 있는 웨이터가 자리로 왔다.

“추천해주신 와인들 중에 어떤 와인이 가장 좋은 와인이라고 생각하세요?

내가 더 이상은 안 되겠다고 생각하는 찰나에 웨이터가 그에게 단호하게 말했다.

“다 아시는 것 같은데 장난 그만하고 기분 좋게 마시고 돌아가시죠.”

그가 기다렸다는 듯이 장난스럽게 웃으며 반격했다.

“당신! 직원이 손님한테 어떻게 이렇게 얘기할 수가 있죠? 말도 안 돼.”

양손을 올리며 항의하는 그에게 웨이터는 가운데 있는 손가락을 올려 응징하고는 유유히 사라졌다.

이 상식적이지 않은 상황을 나는 더 이상 참을 수가 없었다.

“엘레나 미안해. 우리 먼저 갈게. 오늘 덕분에 정말 잘 먹었어. 남편에게 인사 못하고 가서 미안하다고 전해줘. 연락할게.”

부끄러움과 수치스러움에 자리를 박차고 레스토랑 밖으로 나와서

꾹 눌러 참은 말들을 내뱉었다.

"지금 대체 뭐하는 짓이야. 그것도 내 친구 레스토랑에서. 친구를 떠나서 사람들한테 그렇게 행동하는 게 정상이라고 생각해? 다른 사람들이 우스워? 당신은 그렇게 잘나서 세상을 혼자 살아갈 수 있을 것 같아? 남들의 삶은 하찮으냐고? 대체 당신이 중요하게 여기는 관계는 뭐야? 사람들과의 관계, 나와의 관계, 나에게 아직까지도 자세히 말하지 않고 있는 당신의 가족 관계 모두!"

그는 그의 가족 이야기를 거의 하지 않았다.

그저 명문대 출신의 부모님에게 똑똑한 머리를 물려받은 것 정도만 알 정도로 그들의 정보와 정체에 대해서 나는 너무나 무지했다. 때가 되면 언젠가는 자연스럽게 이야기하겠지 하고 그가 편하게 이야기할 수 있는 날을 기다리고 있었다.

부족함 없어 보이는 그이지만, 간혹 보이는 모난 태도에서 느껴지는 삶의 흔적들을 유추해서 상처가 있겠거니, 내가 더 사랑을 주고 조금 독특한 그의 성격에 나를 맞추어 그가 편안해 할 수 있도록 노력했다. 그가 모든 게 귀찮아서 삶을 팽개치고 행여나 지구에서 도망치지는 않을까 걱정하고 있었던 내가 너무나 한심했다. 화를 내지 않는 내가 처음으로 화를 내는 것을 본 그는 나를 신기한 듯이 물끄러미 바라보며 말했다.

"무슨 관계? 그런 게 사는데 그렇게 중요해? 얘기하면 뭐가 달라져?"

눈물이 핑 돌았다. 연인이라는 관계로 알고 있는 우리 사이는 그저 나의 억지스러운 주장인 건가? 그에게 나의 자리는 그저 그를 항상 편하게 만들어 주는 휴식처일 뿐인가?

우리는 그날 잠들 때까지, 아니 잠이 들지 않아 동이 튼 후 억지로 일어날 때까지 각자의 자리에서 뒤척거렸다. 그는 소파에서, 나는 침대에서.

연애를 시작한 지 2달 즈음 되었을 때, 우리 둘은 주말에 늦은 점심을 먹다가 웃으면서 했던 이야기가 있었다. 한참을 친구 커플의 이별 스토리를 말하던 내가 말했다.

"우리 한 번도 안 싸웠지? 신기하다."

"싸울 일이 뭐가 있어. 안 그래?"

"맞아. 우린 안 싸울 것 같아."

우리도 싸웠다

연인은 싸운다.

사람은 싸운다.

그 수많은 관계 속에서 우리는 매일 싸운다.

나 자신과, 당신과, 그들과, 세상과.

열심히 싸운 후 서로에게 준 아픔과 상처가 잘 나아야 서로의 관계는

더욱 단단해진다.

한데 상처가 아물 시간도 주지 않고, 약을 바를 노력도 하지 않으니 우리는 계속 아프기만 하다.

이별 이야기

토요일 밤, 동료 교수의 집에 다녀오겠다고 한 그가 연락이 두절되어 버렸다. 일요일 새벽 4시가 될 때까지 걱정스러운 메시지를 보내다가 포기했다. 몇 시간 째 메시지 확인도 하지 않는 그는 분명히 술에 취해 핸드폰 배터리가 나갔는지도 모르고 잠들어 있을 것이다. 너무나 화가 났다. 내가 사랑하던 자유로운 그의 영혼이 이제는 나에 대한 존중이라는 선마저 무시하고 있다.

내 마음은 그에게 진심으로 실망했고 슬펐다.

'당신의 마음이 내 마음 같지를 않아서 그런 게지. 세상 모든 게 내 마음 같지 않으니까.'

이런저런 생각에 뒤척이다가 선잠에 들었다가 깨어나니 아침 7시였다.

잠시 눈을 붙인 나는 지난밤과는 다르게 스스로도 놀랄 정도로 차분해져 있었다. 더 이상 화도 나지 않았다. 핸드폰을 확인하니 그에게 메시지 3개가 와 있다.

사진 2개와 짧은 텍스트 1개. 2개의 사진 중 하나는 본인이 깨어난

방의 사진을 침대에 누운 채로 찍어 보냈다. 나머지 1개의 사진은 자신의 곁에 앉아 있는 친구 아들의 사진이었다. 마지막 텍스트는 다음과 같았다.

'못 일어나겠어. 얘는 친구 아들이야.'

나는 아무 대답도 하지 않고 아파트를 묵묵히 청소하고는 10시 즈음 어퍼 웨스트 83가의 카페에서 만나기로 한 엘레나와의 브런치 약속을 위해 집을 나섰다. 112가에서 83가로 걸어가고 있는데 다시 그에게 메시지가 왔다.

'나 지금 뉴저지에서 출발했어. 11시 반에 점심 같이 할까? 그리고 나 열쇠가 없어졌어.'

외출 약속이 있는 나는 드디어 그에게 메시지를 보냈다.

'나 밖이야. 종일 약속 있어서 집에 들어가면 5시야.'

다시 그에게 메시지가 왔다.

'그렇구나. 그러면 나 어딘가에서 시간 보내고 시간 맞춰서 들어갈게. 밖에서 저녁 먹자.'

나는 역시 아무런 대답을 하지 않았다. 그리고 엘레나와 아무 일 없다는 듯이 식사를 하는데 눈치 빠른 그녀는 나에게 물었다.

"무슨 일 있어? 얼굴 표정이 안 좋아. 둘이 싸웠어?"

"싸우긴. 그냥 그가 나를 전혀 존중하지 않는 것 같아서 속상해. 나는 그를 너무 사랑하는데. 나도 지친 것 같아."

TELEPHONE

한참 내 이야기를 듣던 그녀가 사뭇 진지해진 표정으로 말했다.

"너를 한번 봐. 네가 얼마나 멋진지. 세상의 모든 남자들이 너를 사랑할 거야. 너는 사랑 받을 자격이 있어. 아니 넘쳐. 그것만 기억해."

그녀는 지난번 그의 만행에 대해서는 한마디도 언급하지 않았다. 다만 현명한 그녀는 나를 사랑하는 친구로서 나를 위한 최대한의 조언으로 나 자신이 얼마나 멋진지 나 자신을 돌아보라고 말해준 것이다.

마음이 담담해진다. 내가 덮어 둔 사실을 이제는 인정하고 깨끗이 항복해야 할 시간이 다가왔다.

너무나도 다른 그와 나의 관계는 사실 처음부터 균형이 맞지 않았다. 그는 그의 자유로운 삶을 방해하지 않는 편안한 삶에 익숙한 사람이었고, 나는 내가 줄 수 있는 가장 많은 사랑을 쏟고 또 사랑받기 원하는 사람이었다.

그는 처음부터 '혼자', 나는 처음부터 '함께' 라는 다른 시작점에서 미로를 출발했고, 시작점이 다르니 우리는 결국 영영 만날 수 없는 각자의 길로 빠져나가게 될 것이란 걸 이미 나는 알고 있었다.

오후 5시 5분, 112번가 대로변 코너를 돌자마자 아파트를 바라보니 현관에 그가 서서 기다리고 있었다. 그는 마치 처음으로 남의 집에 방문하는 사람처럼 보였다. 나는 미소도 어떤 표정도 지을 수 없었다. 그의 시선을 겨우 한번 마주치고는 땅을 바라보며 현관을 지나쳐 문을 열고 먼저 들어갔고 그는 어색한 미소를 지으며 따라 들어왔다. 침대에 가만히 걸터앉더니 핸드폰을 만지작거리던 그가 먼저 말을 꺼냈다.

"나 새벽부터 연락이 안 됐지? 핸드폰 꺼진 줄도 모르고 술을 너무 많이 마셔서 언제 잠들었는지도 모르겠어. 친구가 맨날 집에서 연구만 하다가 오랜만에 사람이 찾아오니까 반갑다면서 술을 엄청 마시더라고. 나도 취해서 친구 아들 방에서 잠들어 버렸나 봐."

그를 만난 이후로 그가 가장 길게 한 말이었던 것 같다.

그의 얼굴을 볼 수가 없었다. 미안하다고 한마디면 나는 괜찮은데, 계속 본인 성격에 맞지도 않는 자기방어적인 변명이나 하고 있는 그가 왠지 안쓰럽다.

화를 거의 내지 않는 내가 무표정일 때 사람들은 가장 무섭다고 했다. 사람들이 무서워하는 나의 그 얼굴이 그의 눈과 마주친 순간 대답했다.

"그랬어? 저녁 뭐 먹을래?"

그의 표정이 심상치 않다. 무언가 잘못되었음을 느낀 표정이었다.

"그런데 나 지금 연구하고 있는 논문이 있어서 유럽에 다녀와야 할 것 같아."

"언제 가고 언제 오는데?"

"지금 가서 언제 올지는 모르겠어."

"지금 간다고? 장난하지 마. 그럴 기분 아니야."

"진짠데. 방금 핸드폰으로 티켓 예약했어. 유럽 환율이 치솟아서 더 늦어지면 비행기 값이 엄청 오를 거야. 오늘 밤 비행기 티켓도 2,000불에 샀어."

"말도 안 돼. 벌써 짐도 쌌어?"

"짐이라고 해 봤자 내 짐은 원래 캐리어 하나가 다잖아."

"정말 지금 바로 간다고? 벌써 택시도 부른 거야?"

"응, 거의 다 온 것 같아."

그날이 내가 처음부터 알고 있었던 우리의 이별의 날일 것이라고는 생각하고 싶지 않았다. 그런데 이미 가슴이 먹먹해지기 시작했다. 이렇게 허무하게 떠나버린다고? 정상적이지 않은 상황이지만 그이기에 가능한 상황이기도 하다. 그리고 그이기에 아마도 다시는 돌아오지 않을 것도 알고 있다. 슬프지만 너무나 밉다. 지금 그는 전혀 특별하지 않다. 이상하다.

애써 감정을 꾹꾹 씹어 고개를 끄덕거리며 그에게 말했다.

"잘 다녀와."

택시가 도착했다며 캐리어를 드는 그의 뒤를 내가 아무 말 없이 따르자 그가 해맑게 묻는다.

"택시까지 데려다줄 거야?"

"응."

트렁크에 짐을 싣고 그가 택시를 타기 전에 나에게 두 팔을 내밀었다.

안아달라는 건지, 안아주겠다는 건지 잘 모르겠다. 내가 한발 다가가서 우리는 겨우 포옹할 수 있었다. 그는 내 볼에 키스하며 내 귀에 속삭였다.

"나중에 봐."

나는 아무 말도 할 수 없었다. 떠나는 택시 안에서 그가 뒤를 돌아보며 손을 흔들었다. 나도 흔들었다. 아무 생각이 나지 않는다. 눈물도 나지 않는다.

아파트로 돌아와 샤워를 하고 나니 갑자기 죽을 만큼 배가 고프다. 미친 듯이 냉장고를 뒤적거렸더니 숙성시켜 놓은 등심 스테이크 한 덩이가 있었다. 스테이크와 뒹구는 여러 가지 야채를 함께 구워서 먹던 레드 와인 한 병과 함께 소파 테이블로 가서 작은 스탠드 등 하나에 저녁을 먹기 시작했다. 무엇을 씹는지, 마시는지도 모르겠지만 눈앞의 모든 것을 비운 후 소파에 기대어 시선이 머무는 책상 너머 창문을 바라다본다. 건너편 집의 희미한 주황색 불빛을 바라보다가 내 책상 옆에 놓인 선풍기가 눈에 들어온다. 에어컨 없이 여름 내내 덥다고 투덜거리던 그의 방향으로 늘 돌려주던 선풍기였다. 이제야 눈물이 흐르기 시작했다. 아무 소리도 낼 수 없을 만큼 가슴이 메는 아픈 눈물이었다. 목이 막혀 숨을 쉴 수가 없었다.

곧 펑펑 울기 시작했다. 손으로 쿠션으로 입을 틀어막고는 더 크게 소리 내어 울었다.

GREEN CERIGNOLTA
OLIVES
FROM ITALY
$4.37

다시는 이렇게 울지 않기로 다짐하면서.

그렇게 그는 그의 자리로 영원히 떠났다.

아무것도 책임지지 않아도 되는 그의 세계로.

나는 나의 자리에 남았다.

그저 사랑을 기다리는 여자가 아니라 사랑을 찾는 여자가 되기로 다짐한다.

사랑받을 자격을 가지고 진짜 사랑을 나눌 사람을 찾겠다고.

나는 더 이상 기다리지 않는 여자다.

HOMER · HERODOTUS · SOPHOCLES · PLATO · ARISTOTLE · DEMOSTHENES · CICERO · VERGIL

R

END
AD WORK
NO
STANDING
ANY
TIME

사랑하는 그대들을 위하여 ‘친친!’